Gerhard Roos

Wo der Anker hält …

roos-gerhard-autor.de

Impressum

© 2023 Gerhard Roos

Herstellung und Verlag:

BoD – Books on Demand, Norderstedt

ISBN: 978-3-7578-2674-1

Inhalt

Alle Handlungen und Personen sind frei ersonnen. Ähnlichkeiten mit Lebenden oder Verstorbenen sind zufällig und ungewollt.

Der Lehrer

Das wird morgen nach den Sommerferien ein spannender erster Schultag werden. Ewald Dohmen, kurz vor diesen Sommerferien nach entsprechender Zeit als Studienassessor an der Berufsschule zum Studienrat ernannt, sieht sich erstmals vor der Aufgabe, eine recht anspruchsvolle Klasse als Klassenleiter – und durch insgesamt drei Fächer darin meist Unterrichtender – neu zu übernehmen, die zwar schon ein volles Schuljahr hinter sich hat, in der er aber bisher nicht eine einzige Stunde Unterricht hielt.

Diese plötzlich eingetretene Aufgabenstellung ist dem letztlich nicht sehr erfreulichen Umstand geschuldet, dass sein Kollege Franz Schröder, der eigentlich noch zwei Jahre Dienst hatte tun wollen, aus plötzlich aufgetretenen gesundheitlichen Ursachen kurzfristig in den nun vorzeitigen

Ruhestand verabschiedet wurde. Eigentlich hätte Ewald die neu eingeschulte Klasse der zweijährigen Fachschule zur Kaufmännischen Assistentin bzw. zum Kaufmännischen Assistenten mit dem Schwerpunkt Informationsverarbeitung übernehmen sollen. Deren Leitung bekommt jetzt eine neue Kollegin, und er „beerbt" Schröder im selben Fachbereich in dessen überdurchschnittlich leistungsbereiter Klasse. Ob diese Bereitschaft an Schröder gelegen hat oder an den Schülern selbst, wird er bald erfahren. In beiden Fällen muss er sich ordentlich ins Zeug legen, um den Standard zu halten.

Auf seiner Terrasse, von der aus er einen hübschen Blick in die Wiesen am Rand der norddeutschen Kleinstadt hat, in die ihn eigentlich eher ein schulpolitischer Zufall als der eigene Plan verschlagen hat, genießt er den Rest des letzten

Ferientages und schaut noch einmal in seine Konzepte für seine Fächer Deutsch, Recht und Politik.

Die sprachlichen und rechtlichen Komponenten des jeweils angestrebten Berufes der Schüler, die teils ein Studium, teils eine kaufmännische, teils eine Verwaltungskarriere planen, gelten als wichtige Schlüsselkompetenzen. Leider sind oft gerade die Voraussetzungen im Verwenden der deutschen Sprache nicht gerade berauschend, da die Kurzsprachenpraxis beispielsweise der WhatsApp-Kommunikation und eine dabei verbreitete Missachtung von Rechtschreibung, Formulierungen, Grammatik und Zeichensetzung den Umgang mit der eigenen Sprache gar nicht erst richtig wachsen lassen. Ewald ist sich seiner Verantwortung in dieser Problematik durchaus bewusst.

Er hat auch in der am vorigen Schuljahresende entlassenen Klasse bereits mit erkennbaren Erfolgen entsprechend unterrichtet und allerlei Erfahrungen gesammelt. Zudem hat sich seine Überzeugung gefestigt, dass sich ein guter und wirksamer Unterricht ganz wesentlich durch ein menschlich positives Vertrauensverhältnis zwischen den Lernenden und dem Lehrenden unterstützen lässt. Eine große Hilfe für diese sozialkompetente Unterrichtsgestaltung ist seine Herkunft, besser gesagt die ganze außergewöhnliche Geschichte seiner Kindheit.

Geboren wurde er im Herbst 1985 in der Universitätsklinik Münster in Westfalen. Da seine Mutter an seinem zweiten Lebenstag plötzlich verstorben und sein Vater bereits drei Monate zuvor durch einen bösen Autounfall gemeinsam mit drei Mitgliedern seiner überregional bekannten Band ums Leben gekommen war, hatte ihn das Jugendamt der Stadt Münster, gestützt durch einen extrem schnell eingeholten Beschluss des Vormundschaftsgerichts, schon an seinem elften Lebenstag seinen zukünftigen Adoptiveltern Sibylle und Hans-Joachim Dohmen in die Verantwortung, also in Adoptionspflege, übergeben.

Seine leiblichen Eltern hatten keine feststellbaren Verwandten mehr, die hätten gefragt werden können oder müssen. Beide diese Eltern waren Nachkommen ehemals reisender Romafamilien, die im „Zigeunerviertel" im münsteraner Stadtteil Kinderhaus sesshaft geworden waren.

Seine junge Mutter Pusomeri Bacsin war dort von Geburt an aufgewachsen. „Pusomeri" heißt, übersetzt aus Romani, der Sprache der Roma, „kleiner Floh". Das ist in dieser Sprache durchaus kein abwertender Name. Er wird für ein kleines, schlankes Mädchen verwendet, das bei der Arbeit oder beim Tanz eine gute Figur macht. Ein Foto seiner Mutter, das er bei seinen Nachforschungen über seine Herkunft hat finden können, beweist, dass dieser Name die hübsche zierliche Person, die ihn geboren hat, perfekt beschreibt.

Sein Vater Rudko Badi gehörte, soweit er das alles inzwischen hat recherchieren können, einer sehr verbreiteten Romasippe an. „Badi" scheint einer der häufigeren Nachnamen dieser sehr besonderen Volksgruppe zu sein. Die Sippen dieses Namens gelten als hochmusikalisch und auch anderweitig künstlerisch außergewöhnlich begabt. Ihn kann er ebenfalls als vollständige Person auf Bildern anschauen, nämlich auf den Werbeplakaten seiner Band, die nach dem schweren Unfall nur noch zwei Musiker übrig hatte und sich infolgedessen im Sommer 1985 auflöste.

Drei dieser Plakate hat er heute in seinem Besitz, das schönste hängt gerahmt im Flur seiner behaglichen Wohnung. Sein Vater soll tatsächlich neun Musikinstrumente perfekt beherrscht und auch bei den Auftritten der Band immer wieder im Wechsel gespielt haben. Erstaunlicher Weise war der Stil dieser Band nicht etwa nur der aus den Balkanstaaten sondern sogar vorwiegend klassischer New-Orleans-Jazz. Auch dieser Mann war schlank gewesen, aber offensichtlich erheblich größer als seine Frau.

Von beiden hat Ewald sein besonderes Aussehen. Lackschwarze wellige Haare wie die seines Vaters, die sanft bräunliche Haut beider Eltern und das extrem attraktive Gesamtbild seiner Mutter machen ihn zu einem sehr aparten Dreißigjährigen. Sein sorgfältig gepflegter kurzer schwarzer Vollbart unterstreicht seinen Charakter ausgezeichnet.

Umso erstaunlicher ist für viele seiner Verwandten und Bekannten, dass er noch immer alleine lebt, beharrlich fast allen mehr oder weniger deutlichen Avancen zahlreicher Damen widerstand, zwei Versuche schnell wieder abgebrochen hat und sichtlich sein Junggesellendasein genießt. Immerhin gibt ihm das bisher die Freiheit und viel Zeit, neben der verantwortungsvollen Erledigung aller seiner Arbeiten für die und in der Berufsschule seine geliebte Musik konsequent auszuüben. Anders als sein Erzeuger nicht professionell, sondern als - zeitweise sehr zeitintensives - Hobby. Und auch er hat sich dem Jazz verschrieben.

Zuerst hatte ihn bei seinen Nachforschungen ziemlich verwundert, dass seine Herkunftseltern unterschiedliche Nachnamen hatten, und sich deshalb als uneheliches Kind verstanden. Genauere Erkenntnisse über das Leben und die

Sitten der Roma belehrten ihn eines Besseren. Sowohl der Umgang mit Namen als auch der Vorgang Eheschließung weichen erheblich von den allgemeinen gesellschaftlichen Regeln ab. Ein Roma-Paar ist verheiratet, wenn der erste Beischlaf stattgefunden hat, und am Tag zuvor oder am darauf folgenden Tag beide Partner vor mindestens der Familie des einen, wenn möglich sogar von beiden, das „Ehegelübde", eine entsprechende Verpflichtungserklärung, abgelegt haben. Das wird dann, in bescheidenem Rahmen, gebührend gefeiert. Und hat erhebliche Konsequenzen. Trennungen sind nicht vorgesehen, und Ehebruch wird durch Ausschluss aus der Sippe bestraft. Das sesshafte Leben in anderen gesellschaftlichen Umfeldern ergibt jedoch zunehmend, dass Roma-Paare angepasst standesamtlich heiraten und dann oft den gleichen Namen tragen. Auch andere Traditionen gehen allmählich verloren.

In seiner Adoptivfamilie war nicht nur für ihn sondern auch für seine beiden älteren Schwestern stets selbstverständlich, adoptierte Kinder zu sein. Der jeweilige „Holtag" der Drei wurde ebenso wichtig genommen und gefeiert wie der Geburtstag. Der Pfarrer Doktor Hajo Dohmen stammt aus Ostwestfalen, einem Dorf in der Nähe von Soest. Sibylle Dohmen ist in Bielefeld aufgewachsen. Sie hatten sich als Studenten in Münster kennengelernt und bereits direkt nach ihren Examina geheiratet, durchaus im Bewusstsein, dass sie niemals gemeinsame leibliche Kinder würden haben können. Sibylle hatte infolge einer schwierigen Operation, die durch eine Krebserkrankung schon in ihrem neunzehnten Lebensjahr notwendig geworden war, gar keine Gebärmutter mehr. Sie blieb aber anschließend völlig gesund.

So war es schließlich für beide Eheleute Dohmen fast eine Selbstverständlichkeit, sich zu Adoptionen von Niemandskindern zu entscheiden. Hajo hatte nach einer Assistententätigkeit an der Uni Münster eine Pfarrstelle im ländlichen Umfeld von Osnabrück übertragen bekommen. Sibylle arbeitete in einem Osnabrücker Gymnasium. Nach ihren Bewerbungen bei fünf Jugendämtern dauerte es ganze zwei Jahre, bis sie ihr erstes zur Adoption freigegebenes Kind holen konnten.

Ruth hatte noch keinen Vornamen, als sie in die Familie kam. Ihre Mutter, eine aus Südkorea stammende Krankenschwester, die auf Zeit in einer kleineren Klinik in der Nähe von Osnabrück arbeitete, hatte sich von einem Oberarzt schwängern lassen, konnte ihr Kind aber keinesfalls mit nach Korea nehmen, weil ihr dort verbliebener Ehemann sie sofort verstoßen hätte. Dieser

Oberarzt war aber ebenfalls verheiratet und hatte fünf eheliche Kinder. Also kam die kleine Ruth zur Adoption frei. Auch sie war ein Menschenkind mit sehr außergewöhnlichem, bei ihr natürlich ziemlich fernöstlichem Aussehen. Ihre wohl ererbte gewisse Leichtfertigkeit hatte dem Pfarrersehepaar Dohmen manche unruhige Nacht beschert; doch, frei nach Wilhelm Busch: „Jetzt hat sie alles hinter sich und ist, gottlob, recht tugendlich." Sie ist Erzieherin geworden, hat einen tüchtigen Mann geheiratet und ist mit ihm und ihren beiden Kindern offensichtlich ein zufriedenes Menschenkind.

Da Sibylle Dohmen nach der Aufnahme Ruths sofort aufgehört hatte zu unterrichten, lag der Entschluss zur Adoption eines weiteren Kindes nahe. Patrizia war ein Findelkind, das in einer Babyklappe abgegeben worden war. Ihr Vorname hatte in kindlicher Handschrift auf ihrem Strampler gestanden. Im Gegensatz zu ihren beiden schwarzhaarigen Geschwistern ist sie blond. Ihre wallende lange Haarpracht schimmert bei entsprechender Beleuchtung wie Gold. Bereits mit Dreizehn war sie umschwärmt, weil sie in ihrem Äußeren da schon dem Ideal der Medien sehr nahe kam. Anders als Ruth hielt sie ihre Verehrer konsequent und erfolgreich auf Abstand. Weil sie eine große Sprachgewandtheit entwickelt hat und eben außerordentlich ansehnlich daherkommt, arbeitet sie heute nach ihrem Journalistikstudium als Fernsehmoderatorin. Mit ihrem Freund lebt sie in Hannover.

Ewald kam wie Ruth ohne einen Vornamen in die Familie Dohmen. Im Bewusstsein, ein Romakind zu adoptieren, und zu Ehren des bekannten Sinti-und-Roma-Funktionärs Ewald Hanstein entschieden sich seine Eltern spontan zu dieser Namensgebung.

Sie hatten erfahren, viele Roma nennen ihre Kinder nach jemandem, der großes Ansehen genießt, etwa einem tatkräftigen Menschen, einem guten Musiker oder einer großartigen Tänzerin. So kam der Junge zu einem in seiner Generation recht seltenen Vornamen.

Das Haus

Bereits als Kind hat Ewald Klarinette und Saxophon spielen gelernt und kann das nach so vielen Jahren jetzt richtig virtuos. Auch mit der Gitarre kann er sich hören lassen. Seine Wohnung liegt in einem hübschen einstöckigen Haus mit steilem ausbaufähigem Krüppelwalmdach, durch einige Busch- und Baumreihen getrennt von der Rückseite einer Gewerbehalle, das ursprünglich der Seniorchef Klaus Bultmann für sich und seine Frau als Altersruhesitz hatte bauen lassen. Aber infolge seines frühen Todes und der folgenden Pflegebedürftigkeit seiner Gattin haben beide das Gebäude nie bewohnt. Der Sohn und der Enkel, gemeinsam Inhaber der Zimmerei, wohnen mit ihren Familien in den beiden Wohnungen des riesigen Haupthauses jenseits der Halle. So hat Ewald sein eigenes Reich, immerhin zwei größere und ein kleineres Zimmer, Küche und Bad in einer ebenerdigen Etage. Zudem stört er hier keinen Nachbarn, wenn er täglich zäh und fleißig sein Instrumentenspiel übt. Und einen großen Garten, in dem er den alten Baumbestand pflegt und allerlei Gemüse, Kräuter sowie heimisches Blütengewächs hält, hat er dabei auch. Ein kleines Insekten- und Vogelparadies. Zumal ein hinter diesem grünen Grundstück, gegenüber der Straßenfront, noch gelegenes kleines Wäldchen und ein Teich perfekt durch seinen Garten ergänzt werden.

Am Weg zur kurzen Straße „Kiebitzweg", die genau an seiner Zufahrt mit einem Wendehammer endet, steht neben dem Haus ein großer Carport, in dem außer seinem Auto und seinem Fahrrad durchaus noch einmal die gleiche Zusammenstellung trocken unterzubringen wäre. Seine Vermieter sind schließlich beide sehr tüchtige Zimmermeister.

Infolgedessen haben sie natürlich auch an Windschutzflechtwände und sogar einen kleinen Fahrradschuppen gedacht. Da in der direkten Verlängerung des Kiebitzwegs ein mit Pfosten abgesperrter aber gut ausgebauter Wander- und Radwanderweg verläuft, ein seltenes Angebot im Marschenland, hat er immer einmal wieder Zuhörer, die fasziniert von seinem Können einige Zeit an seiner Hecke stehen bleiben und seinem Spiel lauschen. Selbst die zahlreichen vorbeigeführten Hunde spitzen die Ohren.

Weil das Haus mitsamt Grundstück für die Zimmerleute Henning und Florian Bultmann eher eine Last bedeutet, wären sie es gerne los. Es lässt sich aber in diesem Gewerbegebiet, das einst für drei benachbarte größere Gewerbebetriebe und zwei bis vier kleinere auf der anderen Straßenseite ausgewiesen wurde, nicht als Einzelgrundstück abtrennen und verkaufen. Es wurde, um damals überhaupt errichtet werden zu können, als Mitarbeiterwohnung deklariert und darf deshalb im Gewerbegebiet nur als Bestandteil des gesamten Handwerksbetriebs zum Wohnen genutzt werden. Selbst die Vermietung an Ewald wurde nur möglich, nachdem er nebenberuflich die Betreuung der Website der Zimmerei übernommen hatte. Wäre es verkäuflich, würde er es sehr gerne kaufen, denn es liegt trotz der nahen Halle nicht nur recht idyllisch sondern bietet ihm eben auch die Möglichkeit, seine Instrumente zu üben, ohne Nachbarn zu stören. Vielleicht ändert sich doch die Rechtslage irgendwann. Sowohl ihm als auch den Bultmännern käme das sehr gelegen.

Der Schuljahresanfang

Während in den ersten Schultagen die meisten Kolleginnen und Kollegen mit der Aufnahme und dem Unterrichtseinstieg neu gebildeter Berufs- und Berufsfachschulklassen beschäftigt sind, steht vor Ewald die außergewöhnliche Aufgabe, den Zugang zu einer sichtlich recht verschworenen Truppe zu finden, die ihm jetzt erst einmal mit Vorsicht begegnet. Nach drei, vier kurzen freundlichen Begrüßungssätzen erledigt er nun zuerst die notwendigen Formalitäten. Weil eine offensichtlich sehr ordentliche Klassenbuchführerin bereits die Namensliste in das neue Buch eingetragen hat, nimmt er dieses zur Hand und geht nun die ganze Klasse Name für Name durch. Von jeder Schülerin und von jedem der relativ wenigen Schüler lässt er sich kurz Einiges über familiäre und schulische

Herkunft, über die Motivation für die gewählte Fachrichtung und über Zukunftspläne berichten.

Die erste Stunde verfliegt durch diese Gespräche schnell und entspannt, einige der Berichte müssen sogar in die zweite Stunde verschoben werden, die zum Glück direkt anschließend stattfindet. Ewald erkennt schnell, dass sein im vorherigen Schuljahr oberflächlich vom äußeren Erscheinungsbild her gewonnener Eindruck, die Schüler dieser Klasse hätten mehrheitlich Migrationsgeschichte in ihren Familien und eigener Vergangenheit, nicht falsch gewesen ist. Es sind eigentlich nur zwei der Mädchen und zwei der Jungs, die ausschließlich aus hiesigen alteingesessenen Familien stammen, in denen teilweise sogar noch Plattdeutsch gesprochen wird. Bei einigen Weiteren ist zumindest ein Elternteil in erster, zweiter oder sogar schon dritter Generation in einer Migrantenfamilie aufgewachsen. Die Mehrheit jedoch ist selbst zweite oder dritte Generation.

Die Schülerinnen und Schüler, deren Eltern oder oft Großeltern als Spätaussiedler aus den Ländern der ehemaligen Sowjetunion gekommen sind, sehen sich selbst aber keinesfalls als Menschen mit Migrationshintergrund, das wird ihm hier in den Selbstbeschreibungen dieser Jugendlichen wieder bestätigt. Sie beklagen eher, dass man sie in Deutschland ungerechterweise oft als Fremde behandle, obwohl ihre Familien doch schon immer Deutsche gewesen und in den Sowjetstaaten lange genug als Fremde behandelt worden seien. Ewald weiß aus Erfahrung, dass oft aber gerade der Umgang mit der deutschen Sprache für diese Schüler erheblich schwieriger ist als für jene, die gerne von den jungen Spätaussiedlernachkommen - oft fast verächtlich - als „Volksfremde" eingestuft werden. Angenehm ist, dass diese etwas seltsame Problematik in dieser seiner Klasse kaum Bedeutung zu haben scheint. Johannes Fischer, Nina Balwili, Gallina Kurz und auch Viktoria Schevtschenko machen alle durchaus den Eindruck, gut integriert zu sein.

Eine Besonderheit dieser Klasse, die sich aus sechs jungen Männern und dreimal so vielen jungen Frauen zusammensetzt, ist Ewald schon im vorigen Schuljahr aufgefallen und bestätigt sich jetzt: Alle diese vierundzwanzig jungen Menschen sind durchaus attraktiv und zudem recht selbstbewusst. Bereits in ihren Selbstvorstellungen haben ihn die Mädels teilweise ganz ordentlich angeflirtet, sie versprechen sich wohl davon, so dem jungen ansehnlichen neuen Klassenlehrer Eindruck zu machen. Ewald findet das recht amüsant, nun muss er aber doch zu den Unterrichtsinhalten übergehen.

Franz Schröder hat ihm einen ganz informativen Abriss des Standes der Klasse in die Hand gedrückt, als er sich verabschiedete. Da er die gleichen Fächer unterrichtet, geht Ewald nun anhand dieser Notizen mit den Schülern gemeinsam die wichtigen Themen durch. Schröders Hinweis, dass im Deutschen nicht eigentlich die Sprache selbst und ihre Kultur das Problem seien, sondern die Ewald vertrauten kleinen Dinge, hat ihn eine Unterrichtseinheit vorbereiten lassen, in der die typischen Fehler einmal gründlich abgearbeitet werden sollen. Das soll aber auch Spaß machen. Also beginnt er die erste Stunde ernsthaften Deutschunterrichts mit kleinen Texten, die er schon an die Tafel geschrieben hat und nun durch Aufklappen derselben der Klasse zum Lesen vorstellt: *„Suche eine verlässliche Dame, möglichst ohne Nebenjob, die in unserem Ferienhaus in … die Gäste empfängt, verabschiedet und sauber hält.“*

Während etwa die Hälfte der Klasse sofort anfängt zu lachen, reagiert der Rest ziemlich verständnislos auf diese plötzliche Heiterkeit. Die fast gleiche Reaktion erfolgt auf den zweiten Satz, den er darunter geschrieben hat: *„Herr Direktor hat uns Ihr Schreiben zuständigkeitshalber überbringen lassen und liegt uns nun zur Prüfung vor."* Die folgende Besprechung des Formulierungsfehlers zeigt auf, dass die Kenntnisse im Satzbau zwar theoretisch bei fast allen Schülern vorhanden sind, es jedoch an der Umsetzung hapert. Aber anhand dieses schlichten Einstieges in die Fragestellung gehen alle bereitwillig daran, einen Text, den er als Arbeitsblatt vorbereitet hat, grammatikalisch sorgfältig zu analysieren. Für manch Eine oder Einen mit kleinen, teils auch größeren lehrreichen Aha-Erlebnissen.

Die Vermittlung der Inhaltskenntnisse juristischer Regelungen soll im Rechtsunterricht nicht das Wichtigste sein, sondern das Verstehen der oft fast skurrilen Formulierungen von Gesetzen und zahlreichen Ausführungsbestimmungen. Auch dieser Umgang mit oft sehr trockenen Inhalten und langen Satzkonstruktionen lässt sich durchaus locker lehren. Ewald hat immer wieder Ideen, mit denen er seine Schüler zum Lachen, und damit zum schnellen Begreifen bringen kann. Der politische Unterricht lebt hingegen von der Diskussion. Dazu benötigen die Schüler aber Wissen über das alltägliche politische Geschehen. Dazu das Interesse zu wecken ist die eigentlich schwierige Aufgabe des Lehrers. Doch auch hier hat Schröder beste Vorarbeit geleistet.

Die Klasse

So kann sich Ewald in allen drei Fächern schnell an die Klasse heran finden und ist nach wenigen Tagen sowohl mit den Unterrichtsnotwendigkeiten als auch den einzelnen Schülern erfreulich vertraut. Die eine oder andere Besonderheit bestimmter Schüler ist recht interessant. Beispielsweise erfuhr er direkt am Vorstellungstag, dass die Schwestern Julia und Sabrina Benedetto, Urenkelkinder italienischer „Gastarbeiter" der Anfangszeit, unterschiedlichen Schulkarrieren verdanken, nun gemeinsam diesen Bildungsweg zu gehen. Julia, die Ältere, ist eine sehr zuverlässige und ordentliche Schülerin, auffällig zurückhaltend und sichtlich als Klassenbuchführerin verantwortungsbewusst. Sie hat nach dem Hauptschulabschluss durch einen Berufsfachschulbesuch den Sekundarabschluss erlangt.

Ihre jüngere Schwester Sabrina sprüht vor Temperament, hat erfolgreich, sicherlich nicht als Fleißigste aber mit ausreichender Pfiffigkeit, die Realschule absolviert und ist bereits jetzt mit ihren gerade einmal siebzehn Jahren fest liiert. Ihr Freund ist der Älteste der Klasse, der flachsblonde Bauernsohn Sören Keppler, der schon erfolgreich eine landwirtschaftliche Lehre abgeschlossen hat und nun noch Kenntnisse zusätzlich erwerben will, die ihm die geplante Führung des elterlichen Hofes erleichtern sollen. Sabrina wohnt schon auf dem Hof und scheint auf dem besten Weg, eine gute Bäuerin zu werden. Die Beiden sitzen im Unterricht – Sören sagt „sicherheitshalber" – aber nicht nebeneinander. Diese freiwillige Entscheidung nötigt Ewald einigen Respekt ab.

Fünf der Mädchen sind noch im Heimatland ihrer Eltern geboren, davon drei im Vorschulalter nach

Deutschland gekommen. Die Polin Mirella Krawczik spricht völlig akzentfrei, ihr Vater arbeitet seit Jahren hier als Fremdarbeiter mit Bleiberecht. Ihre Mutter ist schon vor Jahren verstorben. Die in Kroatien geborene Snjezana Kovacic (Ewald lernt, das „z" spricht sich als stimmhaftes „sch") hat noch einen ganz minimalen Akzent. Aber auch ihre Eltern haben den festen Fremdarbeiterstatus und sind inzwischen sogar selbstständige Unternehmer. Und die im irakischen Kurdistan geborene – auffällig ruhige, aber verblüffend modern und emanzipiert wirkende – Adana Altas hat nur noch ein „r" in ihrer Aussprache, das etwas anders klingt als das hiesige. Ihre Eltern sind anerkannte Asylanten, ihre Mutter arbeitet seit einiger Zeit fest angestellt in der Pflege und ihr Vater als Leiharbeiter in einem Industriebetrieb. Da er aber eigentlich studierter Elektroingenieur ist, hofft er auf eine bessere

Verwendung dort, wenn möglich am Ende mit Festanstellung.

Die beiden in Syrien geborenen Alawitinnen Sara Seuruk und Enisa Skeif haben sich als halbwüchsige Kinder auf einem Flüchtlingsboot kennen gelernt. Saras Vater und Enisas Mutter, die sich bis dahin nicht kannten, sind heute miteinander verheiratet. Seit der gemeinsamen grausigen Tage - jeweils allein mit ihren je zwei Kindern auf einem überfüllten Schlauchboot - haben sie sich nie getrennt und bewohnen heute, nach ihrer Anerkennung als asylberechtigte Flüchtlinge, mit ihren jetzt insgesamt sechs Kindern ein Haus der Rettungsfliegerbereitschaft, bei der Saras Vater als Hubschrauberpilot arbeitet. Seine erste Frau war bei der Geburt ihres dritten Kindes mit diesem zusammen verstorben. Enisas Vater war als angeblicher Unterstützer des Präsidenten Assad von Revolutionsgardisten erschossen worden, ein typisches Alawitenschicksal.

Einschließlich der Klassenleiterstunde, über die er frei verfügen kann, verbringt Ewald immerhin je Woche neun Stunden in seiner Klasse. Die anderen Stunden verteilen sich als Deutschunterricht in fünf Berufsschul- und zwei Berufsfachschulklassen sowie noch die verbliebenen in Politik. Obwohl er nur eine der Berufsfachschul- und drei Berufsschulklassen schon aus dem Vorjahr kennt, hat er in wenigen Tagen alle Gesichter und Namen der von ihm zu unterrichtenden Schüler im Gedächtnis gespeichert. Viele Kolleginnen und Kollegen beneiden ihn um diese Begabung, die den Unterricht erheblich erleichtert. Da er weder rein gewerblichen noch aber auch rein kaufmännischen Fachunterricht erteilt – es sind ja allgemeinbildende Fächer – hat ihn die Schulleitung natürlich in beiden

Abteilungen eingesetzt. So hat er es mit zwei Abteilungsleitern zu tun, was nicht immer ganz einfach ist.

Einzelhilfen

Natürlich beschäftigt er sich besonders intensiv mit seiner Klasse und auch ausführlich mit den Problemen einer einzelnen Schülerin oder eines einzelnen Schülers, wenn das nötig erscheint. So widmet er sich eine ganze Zeit lang einem Umstand, der eines der beiden türkischen Mädchen, die Schülerin Gülten Caliskan, stark belastet und ihre eigentlich sehr gute Leistungsfähigkeit zu schmälern beginnt. Einer ihrer Brüder bewegt sich zu ihrem und ihres Vaters Kummer in Kreisen, die der islamistischen Szene nahe stehen. Ihre sehr konservative Mutter hat diesem jungen Mann ein starkes machohaftes Bewusstsein anerzogen. Bei ihren zwei anderen Söhnen waren das Beispiel ihres weltoffenen Vaters und Außeneinflüsse stärker als der mütterliche Drang, ihrer Auffassung nach „starke" Söhne zu haben. Als einzige Tochter, die besonders intensiv die Weltoffenheit liebt und lebt, wird Gülten von ihrer Mutter und ganz besonders von diesem Bruder ständig unter Druck gesetzt und von Letzterem sogar öfter massiv bedroht.

Das Wichtigste für das Mädchen ist nach Ewalds Auffassung, dass sie über ihre Ängste sprechen kann. Sie tut das zuerst ihm gegenüber und ganz bald vor der ganzen Klasse. Die Verfügungsstunde schafft dafür den idealen Freiraum. Als er noch grübelt, ob er praktisch irgendeine Maßnahme zum Schutz des Mädchens ergreifen könne, kommen ihm die Mädchen und Jungs seiner Klasse zuvor. Gültens achtzehnter Geburtstag steht Ende September ins Land. Als ob das eine normale Gewohnheit der Klasse sei, wird aus diesem Anlass eine Klassenfete in der großen Feuerwehrgrillhütte des Wohnortes seiner Schüler Johannes Fischer und Andreas Jansen organisiert. Andreas ist der Sohn des dortigen Wehrführers der Ortsgemeinde und selbst aktiver Feuerwehrmann. Um ihren Plan ordentlich ausführen zu können, laden seine Schülerinnen und Schüler außer ihm die ganze Familie Caliskan zu dieser Geburtstagsfeier ein. Motto: „Das machen wir immer so", was natürlich gewaltig übertrieben ist.

Verabredungsgemäß lassen sich einige Mädchen von den Brüdern Gültens massiv anbaggern. Die hübsche Klassensprecherin Annika Berg ist auf den Ältesten, den netten Hamza angesetzt, die nicht nur ein bisschen extravagante Jule Grimm auf den Jüngsten, den ständig vergnügten Serkan, und die extrem attraktive sowie gut durchtrainierte und selbstbewusste Turnerin Snjezana Kovacic auf die eigentliche Zielperson, den überheblichen Selahattin. Ihren Lieblingsbruder Hamza hat Gülten in den Plan der Klasse einweihen dürfen, ein bisschen Unterstützung aus der Familie kann schließlich nicht schaden. Zu fortgeschrittener Stunde ist Selahattin vollständig davon überzeigt, dass er bei Snjezana gelandet ist, und sie ihm noch in dieser Nacht zu Willen sein wird. Seine folgende krachende Niederlage irritiert nicht nur ihn, sondern auch seine Mutter, die den Fortgang der „Annäherung" zwischen ihrem Liebling und dem brünetten Superweib Snjezana mit großem Stolz beobachtet hat.

Die tollste Leistung der drei jungen Damen ist schließlich, dass sie am Tag danach die Familie Caliskan gemeinsam zu Hause aufsuchen und ganz offen mit allen gemeinsam über ihren Plan und ihre Sicht der Dinge sprechen. Etwas überrascht sind sie dann doch, als Selahattin direkt verschämt erklärt, dass ihm diese Fete eine Lehre sein soll, und seiner Mutter eingesteht, seine Geschwister seien eigentlich viel stärker als er. Er lebe bisher von seiner Angeberei, das könne so nicht weitergehen. Bei Snjezana entschuldigt er sich in aller Form für seine überhebliche Zudringlichkeit und verspricht seiner Schwester, sie zukünftig in Ruhe und so sein zu lassen, wie sie das für richtig hält. Dass sich Jule und Serkan nach dieser Aktion zuerst öfter treffen und dann schließlich ganz offiziell zusammentun, ist ein durchaus unerwarteter schöner Nebeneffekt dieser Veranstaltung. Ewald ist stolz auf seine Klasse, besonders auf die drei Mädchen, die sich freiwillig diese besondere Aufgabe zugemutet haben.

Ein weiterer Nebenertrag dieser Aktion seiner Klasse ist, dass er an jenem Abend am Grill in ganz anderer Weise als sonst mit dem ortsansässigen Johannes Fischer ins Gespräch kommt. Erst jetzt erfährt er, dass dieser Spätaussiedlersohn in Krasnojarsk/Sibirien als Ivan Petrov geboren wurde – wie als Elena Petrova die Sängern Helene Fischer. Auch seine Familie habe bei der Anmeldung in Deutschland von der gesetzlichen Möglichkeit Gebrauch gemacht, die russischen Namen übersetzen zu lassen. So heiße sein ehemals Jevgeni genannter Vater heute Eugen und seine Mutter statt ursprünglich Svetlana nun Stefanie. Aber das sei nicht sein Problem, eher eine Erleichterung zur Integration. Schwierigkeiten mache ihm die fast fanatische Religiosität seiner Eltern, die überzeugte Pfingstler seien und ihm keinen großen Spielraum ließen. Als Zweitjüngstem seiner Klasse stehe ihm jedoch weder die Entscheidungsfreiheit des Erwachsenen zur Verfügung, noch wolle er sich mit seinen sonst durchaus von ihm geschätzten Eltern überwerfen.

In Pfingstkirchen werde der Glaube an Heilung durch Gott, wie er in der Bibel versprochen wird, reichlich realistisch verstanden. Johannes hält es, seit er in der Oberschule einen recht lebendigen und erklärenden Religionsunterricht erlebt hat, für problematisch, wenn Wunder verheißen werden und damit seltsam hohe Erwartungen entstehen. „Das kann zu übergroßen Enttäuschungen führen", sagt er. „Oder es führt dazu, dass Gläubige gar nicht mehr zu einem Arzt gehen." In seiner Gemeinde werde sogar suggeriert, man sei selbst schuld an Krankheiten. Wenn man sündige, öffne man den Körper für Dämonen, die wiederum zu Erkrankungen führen könnten. Und seine bisweilen wundersam naiven Eltern würden diesen „Unfug" glauben.

In dieser Gemeinde würden streng konservative Werte in durchaus geschickter „moderner

Verpackung" dargeboten. Und es gebe zahlreiche Tabus. Homosexualität werde entweder als Sünde eingestuft oder als, natürlich selbstverschuldete, sehr schlimme Erkrankung, welche durch Dämonenaustreibung geheilt werden müsse. Und dass beispielsweise Sex vor der Ehe verpönt sei, finde er ganz besonders problematisch und jugendfeindlich. Insgesamt störe ihn aber der überhebliche Absolutheitsanspruch. „Sie glauben, sie hätten die einzige richtige Wahrheit gefunden. Oft ist das damit verbunden, dass andere Religionen und damit deren Angehörige abgewertet werden." Wenn Prediger der Pfingstlergemeinden etwa von allen anderen Religionen als „falschen" Religionen sprechen, ja sogar andere christliche Bekenntnisse und Kirchen als „ketzerisch" bezeichnen, empfinde er das als „untragbar intolerant" und „nicht im Geist Jesu Christi".

Hier ist der Pfarrerssohn gefragt. Ewald verspricht also dem jungen Mann, sehr sorgfältig über einen hoffentlich möglichen Ausweg nachzudenken. Und weiß sofort, dass er mit seinem erfahrenen Vater reden muss. Dessen fernmündliche Auskünfte sind leider nicht sehr erfreulich. Solche intensiv fundamentalistischen, intensiv zurück orientierten Christenmenschen wie diese Pfingstler seien in ihrem theologischen Verständnis der Bibel „biblizistisch". Entsprechend erlebe man die Vertreter dieser Theologie als zu streng, engstirnig und intolerant wie wohl auch die Eltern seines Schülers. Der Begriff biblizistisch beschreibe korrekt den kritiklosen Umgang mit dem biblischen Schriftbefund, der jeden Satz in der Bibel wörtlich nimmt, also intensiv dem biblischen Buchstaben verpflichtet sein will. Das Gute und Liebevolle biblischer Weisheit bleibe so oft auf der Strecke.

Um die Biblizisten ernst zu nehmen, bedürfe es der Erkenntnis, dass hinter ihrer Enge im Umgang mit dem biblischen Wort eine gewisse Angst versteckt ist, im Aufgeben dieser Position den gesamten Glauben zu verlieren. Deshalb verlaufe fast jeder Versuch, an ihren Auffassungen etwas zu ändern, ohne Erfolg. Also bleibe dem armen Jungen in seiner Seelenqual nicht viel mehr übrig, als konsequent seinem andersartigen Verständnis der Bibel zu folgen und sich so seinen Eltern zu widersetzen. Das Leid müsse er ihnen zufügen, um nicht selbst in der als falsch erkannten Enge seelisch zu ersticken. Dass ihm das Thema vorehelicher Sex wichtig sei, lasse auf eine tatsächliche persönliche Not in dieser Sache schließen. „Frage also den Jungen ganz direkt, ob es da eine junge Frau gibt, die für ihn und er für sie bereit ist. Wenn ja, warum zögert er? Anschließend kann er nämlich mit seinen Eltern - gewissermaßen mit ihrer Methode - das Ganze diskutieren, wenn sie es erfahren sollten. Er kann ihnen schließlich den in der Bibel in einigen Varianten wiederholten Satz aus dem Ersten Buch Mose, Kapitel 2, Vers 24 entgegen halten: ‚Darum wird ein Mann Vater und Mutter verlassen und an seinem Weibe hängen, und sie werden ein Fleisch sein.‘ Und wenn ihn seine Eltern mit der Heiratsvoraussetzung unter Druck setzen wollen, soll er nach der genauen Bibelstelle fragen, in der die formale Eheschließung vorgeschrieben und eindeutig als Bedingung für Geschlechtsverkehr bestimmt wird." Ewald ist erstaunt, dass sein Vater die mögliche Konsequenz des Bruches seines Schülers mit seinen Eltern als die immerhin beste aller nicht besonders erfreulichen Lösungen ansieht. Aber die genannten Begründungen leuchten ein.

Eine eigene Freistunde am kommenden Tag, zu der ihm der EDV-Kollege gern seinen besten Schüler Fischer beurlaubt, gibt ihm Gelegenheit, das Ganze ausführlich zu verhandeln. Ewald kommt direkt zur Sache: „Johannes, wer ist die junge Dame, zu der sie sich so hingezogen fühlen, und zu der ein erwünschter sexueller Kontakt durch ihr Elternproblem verhindert wird?" Mit hochrotem Kopf fängt der junge Mann an zu stottern; wie ein ertappter kleiner Junge, der Schokolade genascht hat. Ewald gibt ihm die Zeit, sich etwas zu entspannen, und erfährt dann, dass Johannes schon seit der zehnten Klasse der gemeinsamen Oberschulzeit innig mit der Zwillingsschwester Sonja seines besten Freundes, des jetzigen Sitznachbarn Markus Jensen, verbandelt ist. Die sei ja nur drei Tage älter als er. Zögernd erklärt er, dass sie bereits recht intim miteinander umgehen, er aber den letzten Schritt ständig ausbremst, obwohl sein

Schatz, wie er Sonja nennt, längst in Absprache mit ihren sehr toleranten Eltern Ovulationshemmer einnehme und sogar ihr hübsches Zimmer von ihrem Vater mit einem breiteren Bett ausgestattet bekommen habe.

„Wir halten das kaum noch aus, es belastet sogar inzwischen unsere Beziehung. Markus ist oft unser Retter, weil wir beide vor ihm keine Geheimnisse haben und ohne Hemmungen reden können. Die Eltern der Zwillinge sind selbst in seltsamsten Umständen aneinander geraten und kommen ursprünglich aus unterschiedlichsten Kulturen. Tom Jensen, eigentlich heißt er Thomas, war als ausgewiesener Küstenschutzfachmann drei Jahre in einem deutschen Beratungsbüro in Thailand tätig. Die fabelhaft deutsch sprechende thailändische Dolmetscherin Sarinya und er seien einige Zeit ‚umeinander geschlichen', wie Sonjas Vater schmunzelnd sagt, hätten aber doch irgendwann den Weg zueinander und dann ziemlich direkt in sein Bett gefunden. Als sie dann gemeinsam nach Deutschland gekommen seien, hätten sie sofort geheiratet, damit die Beiden in Sarinyas Bauch ehelich geboren werden konnten. Zwei kleinere Geschwister gibt es noch. Und alle vier haben diese aparten Gesichter wie Markus; Sonja zudem einen besonderen Liebreiz. Sie macht eine Lehre zur Apothekenhelferin."

Nun gilt es also, dem gepeinigten Pärchen zu helfen. Sorgfältig hat Ewald sich zurechtgelegt, wie er Johannes die Gedanken seines Vaters mitteilen will. Zwar mit einem tiefen Seufzer beim Gedanken an seine Eltern, aber mit umso größerer Erleichterung hinsichtlich der Gefühle und Gedanken seiner Sonja gegenüber macht sich Johannes das alles zu Eigen und sogar ein paar

Notizen in seinem Handy, um keinen Bestandteil dieser Überlegungen zu verlieren. Am folgenden Montag kommt schließlich morgens ein außerordentlich vergnügter Johannes zum Unterricht. In der großen Pause berichtet er Ewald, er habe am gestrigen Sonntag seine Eltern sogar davon in Kenntnis gesetzt, dass er die von ihnen gesetzten Grenzen durchbrochen habe. Beide hätten seltsam ruhig und fast starr reagiert. Ohne erste Kommentare.

„Doch gestern Abend haben mir meine Eltern zuerst außerordentlich streng die Frage nach einer ‚Entschuldigung' gestellt. Da habe ich natürlich die Gedanken ihres Vaters, Herr Dohmen, geäußert. Manchmal gibt es seltsam einfache Lösungen auch für die Probleme verklemmter Eltern. Mutter fing plötzlich an zu weinen, ließ sich von Vater in den Arm nehmen und erklärte mir, nun endlich sei ihnen durch mich vergeben, dass sie nicht bis zu ihrer Hochzeit mit ihren ersten ‚echten sexuellen Kontakten‘ hätten warten können. Nur dass meine älteste Schwester dann doch ‚pünktlich‘ zur Welt gekommen sei, hätte sie beide ihren Eltern gegenüber vor Stress bewahrt. Vater klopfte mir dann auf die Schulter und sagte: ‚Dir und deinem Mädchen Gottes Segen für die Zukunft!‘ Können sie nun begreifen, warum es mir heute so gut geht? Und wenn sie ihren Vater sprechen, danken sie ihm bitte von Herzen in meinem und Sonjas Namen, aber erst recht im Namen meiner Eltern."

Klassengemeinschaft

Durch solche Besonderheiten, aber auch durch den Unterrichtsalltag entsteht verblüffend schnell eine sehr enge und vertraute Beziehung Ewalds zu seiner Klasse. Seine ältere Kollegin Karin Eckelmann, die in dieser den Englischunterricht erteilt, stellt anerkennend fest: „Franz hatte schon ein tolles Verhältnis zu dieser Klasse, aber deins ist noch besser. Pass auf, dass dir unser Abteilungsleiter Born nicht ‚allzu große Nähe zu den Schülern' unterstellt. Der hat ab und an solche abartigen Gedanken. Er selbst unterrichtet extrem distanziert und ist entsprechend unbeliebt."

Da Karin selbst bei seinen Schülern hohe Achtung genießt, fragt er sie nach den Herbstferien und nach Absprache mit der Klasse, ob sie sich vorstellen könne, als weibliche Verantwortliche mit ihm und seinen Schülern die Abschlussfahrt durchzuführen.

Er weiß, dass sie seit einigen Jahren verwitwet ist, und dass ihre Nachkommen irgendwo in Süddeutschland leben. Er hat sich nicht getäuscht, sie sagt sofort zu. Wie es scheint, sogar mit großem Vergnügen. Die Abschlussfahrt soll nach der Gewohnheit der Schule ein kurzes Verschnaufen vor den Prüfungsvorbereitungen ermöglichen. So wird sie für die Zeit über den Ersten Mai geplant.

Eine Städtereise soll es werden, und bald sind Berlin und Dresden in engster Wahl. Dass es dann Dresden wird, liegt daran, dass neben dem sehr großen Angebot an Kultur und Geschichte in der Nähe der Jugendherberge dort ein Hallenbad ist und zudem am vorletzten Nachmittag die Möglichkeit besteht, dort gemeinsam an der Hauptvorstellung eines der wenigen noch existierenden großen europäischen Wanderzirkusse teilnehmen zu können. Die Karten werden gleich mit gebucht. Karin kennt als Jahre lang erfahrene Klassenleiterin die Quellen für Fördergelder, so wird die ganze Reise für alle bezahlbar.

In der ersten Adventswoche ist dann die ganze Truppe von der Familie ihrer Mitschülerin Fatou Jawara, der einzigen Schwarzen der Klasse, zum achtzehnten Geburtstag eingeladen. Fatou hat am Anfang des Schuljahres erzählt: „Vater ist über die Greencard-Regelung als Arzt aus Gambia hier her gekommen, hat meine Mutter und meine beiden älteren Geschwister nachholen können, und wir leben nun schon lange hier. Wir sind heute fünf Geschwister, ich in der Mitte." Jetzt begründet sie die Einladung der Klasse so: „Wir haben keine Verwandten hier. Und ihr seid sozusagen meine Verwandten geworden."

Da erleben sie gemeinsam eine höchst interessante Familie, voller fröhlicher Warmherzigkeit und in einer angenehm perfekt gelungenen Verknüpfung afrikanischer Traditionen mit durchaus modernen Lebensumständen. Das große Haus, das sie bewohnt, hat in früherer Zeit einer inzwischen ausgestorbenen Fabrikantenfamilie der Stadt gehört. Fatous Eltern konnten es preisgünstig kaufen und haben es ordentlich modernisieren lassen. Die zahlreichen Attribute aus ihrer Heimat stören diesen Eindruck keineswegs. An einer großen hübsch eingedeckten Tafel in einer riesigen Diele finden alle Platz. Fatous Vater ist ein begnadeter Erzähler und unterhält die Gäste seiner Tochter bestens. Besonders die Berichte aus seiner Arbeit in der Klinik, zu der er jeweils eine knappe halbe Stunde Fahrt benötigt, bewegen seine Zuhörer sehr.

Ziemlich betroffen sind sie von einigen seiner Erlebnisse dort. So ist er, Oberarzt der Chirurgie, einmal zum Operations-Vorbereitungsgespräch zu einem etwas älteren Patienten ins Krankenzimmer gegangen. Als dieser ihn erblickte, fauchte er ihn an: „Raus! Ein Neger kommt nicht an mich ran!" Sein Chefarzt habe daraufhin diesen Patienten aufgesucht und ihn energisch vor die Wahl gestellt, sich entweder von ihm vorbereiten und dann operieren zu lassen oder sofort das Krankenhaus zu verlassen. „Grimmig hat er mich dann akzeptiert." Nach der nicht ganz selbstverständlich erfolgreichen Operation habe ihn die Ehefrau des Patienten zu einem besonderen Gespräch - ohne, wie bei der Visite, anderes Personal - ins Krankenzimmer gebeten. Der gute Mann hatte sich mit ihr zusammen, und wohl von ihr angestoßen, dankbar den Erfolg der OP vor Augen geführt und die Sache überlegt. „Er bat mich feierlich für sein Benehmen um Verzeihung. Sowas ist doch dann auch ein schöner ärztlicher Erfolg."

Eine der besten Assistenzärztinnen stamme aus Rumänien. Sie spreche sehr gutes Deutsch mit leichtem Akzent. Als sie ein Aufnahmegespräch mit einem bei der Arbeit verletzten jungen Mann zu erledigen hatte, sei sie von diesem mit ziemlich dämlichem Grinsen angepöbelt worden: „Ey, Alte! Lernste Deutsch, kommste wieder!" Sie habe prompt reagiert: „Geht auch ohne richtiges Deutsch, sieht man doch deutlich an dir." Die Migrations- und Rassismusprobleme sind dann lange das Thema der Gespräche, den meisten ja schließlich wohlvertraut. Die Halbdänin Sidsel Steffensen, die schon vor vierzehn Jahren mit ihrer deutschen Mutter infolge der Scheidung ihrer Eltern nach hier zurückgekehrt ist, berichtet bei dieser Gelegenheit, dass selbst ihr, nur wegen ihrer leicht dänisch beeinflussten Aussprache, oft ordentlich Spott und Ablehnung entgegen gebracht werde.

Die beiden aus Syrien Stammenden und die Kurdin Adana erzählen von einer Party, nach deren Ende sie zu dritt mit ihren Fahrrädern – ohne Alkohol im Blut – heimwärts unterwegs gewesen seien. Zwei Polizisten hätten sie mit den Worten gestoppt: „Ihr Kanackenweiber fahrt natürlich besoffen Fahrrad!" Als sie alle drei bereitwillig ins Röhrchen pusten wollten, habe der eine Polizist jeweils eine nach der anderen heftig an den Haaren festgehalten und ihr das Mundstück grob in den Mund gedrückt. Alle drei waren sich einig, solche oft auftretende Polizeigewalt sei kein individuelles Problem, sondern ein System. Die Politik müsse sich dem Rassismus in der Polizei annehmen, denn auch Autokontrollen würden vorwiegend an jungen Migrantinnen und Migranten durchgeführt. Deren Misstrauen sei am wachsen, viele vertrauten dem Staat und seinen Institutionen kaum. Und der Rechtspopulismus auf der anderen Seite wachse.

Am Abend räumt Fatous Familie, unterstützt von den sechs Jungs der Klasse, die Tische beiseite. Afrikanische Musik wird aufgelegt. Und daraufhin gerät die ganze Geburtstagsgesellschaft ans Tanzen. Wie diese Tänze zu gestalten sind, bringt Fatous Mutter allen in wenigen Minuten bei. Da gibt es keine Paartänze, sondern getrennt nach Geschlechtern wird sich in langer Reihe recht phantasievoll und frei bewegt. Alle haben eine Menge Spaß und Ewald beobachtet, dass er mit Fatou, Adana, Sabrina, Julia, Snjezana, Jule, Gülten und der zweiten Türkin Nazan Kaya acht durchaus tänzerisch begabte und musikalisch ansprechbare Mädels in der Klasse hat. Die weniger Begabten sind aber nicht weniger begeistert bei der Sache.

Die Jazzband

Über Winter ist Ewald mit seiner Band immer einmal wieder im Einsatz. Ein Ort, an dem sie vor kleinem, aber sehr fachlichem Publikum spielen, ist „Markos Restaurant". Marko ist als Kleinkind mit seinen Eltern und Geschwistern aus Kroatien eingewandert, sein Vater, der auch Marko Madic heißt, damals noch als offizieller Gastarbeiter. Dieser war jedoch voller Unternehmungsgeist und machte sich mit seiner Frau, die eine exzellente Köchin ist, in der Nähe eines Badestrandes an der Weser mit diesem Restaurant zuerst als Pächter, dann als Eigentümer selbstständig. Bis zur Gegenwart ist das Haus immer bestens besucht und wird inzwischen vom Sohn Marko mit seiner jungen tüchtigen Frau geführt. Seine Eltern arbeiten aber immer noch mit.

Dieses Restaurant hat eine im Land an der Unterweser seltene Besonderheit, es hat einen recht hohen Keller. Ein Teil dient als Lager für das Restaurant. Einen anderen Teil hat die Familie ganz erfolgreich akustisch abgeschirmt, damit Marko Junior dort seinen musikalischen Neigungen folgen kann. Neben einem virtuosen Spiel der Geige beherrscht er auch das des Kontrabasses, den er in Ewalds Band als tragendes Element der Jazzmusik einsetzt.

Insgesamt sind es sechs Musiker, die mit Begeisterung die lebendigen Arrangements ihres Saxophon- und Klarinettenvirtuosen Ewald einüben und darbieten. Schlagzeug, Gitarre, Trompete und Tenorposaune vervollständigen den Sound. Marko spielt aber noch in einer anderen Formation, deren Vormann mit der Geige und manchmal Gesang er selber ist. Diese Sieben haben sich der Folklore des

Balkans verschrieben. Ab und an vertritt Ewald dort den nicht ganz gesunden Gitarristen. Und auch der Schlagzeuger ist in beiden Bands derselbe.

In diesem Winter 2016 auf 2017 hat Ewald einige Auftritte in größerem Rahmen organisieren können. Das ist nicht ganz einfach, bringt es doch eine Menge Verwaltungs- und Organisationsarbeit; und ob sich das vielleicht gar ein wenig finanziell auszahlt, ist kaum zu kalkulieren. Da ist es für ihn eine ganz besondere Freude, dass zu einem Konzert in der Kulturhalle im Nachbarstädtchen seine Klasse vollständig angereist gekommen ist, und sogar die bereits Liierten mit ihren Freundinnen oder Freunden.

Da der Betreiber dieser Halle am Ende des Konzerts den Ausschank öffnet, wird das noch bis nach Mitternacht eine kleine Klassenfeier. Marko findet Ewalds Klasse absolut „klasse", kann aber nicht bleiben, er muss noch seine Eltern in seinem Restaurant ablösen. Mit seinem Kontrabass und seinem Passagier, dem Schlagzeuger Marcel Timpe, verlässt er also direkt den Auftrittsort. Das Schlagzeug kommt wie immer in Ewalds geräumigen Kombi. Es ist eh sein Privateigentum.

Ewalds beide Schüler aus niederländischen Bauernfamilien, Henk van Doorn und Piet Vos, sind mit zwei Mädels angereist, die er aus der Berufsschule kennt. Beide kommen aus einheimischen Familien und scheinen nichts gegen eine Zukunft auf einem Bauernhof einwenden zu wollen. Annika Berg stellt ihm ganz offiziell ihren Verlobten vor. Er kennt ihn gut, das ist der jüngste Geselle seiner Vermieter Bultmann. Siehe da, der junge Mann hat einen hervorragenden Geschmack.

Das zweite Schwesternpaar außer den Benedettos, das wie Henk und Piet aus einer niederländischen

Bauernfamilie stammt, ist während des Konzertes erstmals aus seiner sonst recht deutlichen Zurückhaltung hervor gekommen. Marja und Mareike van Linden sind im Schulalltag eher unauffällig, jedoch fleißig und zuverlässig. Die Jazzmusik hat aber an diesem Abend aus beiden ein wundersames Temperament heraus gekitzelt. Mareike, die Jüngere, schmeißt sich plötzlich regelrecht an den Feuerwehrmann Andreas Jansen heran, und der Junge scheint gar nicht abgeneigt.

Diese Spontanfete findet genau an jenem Wochenende statt, vor dem es am Freitag die Halbjahreszeugnisse gegeben hat, und nach dem es die traditionellen beiden freien Tage gibt. Für den ersten Schultag danach, dem Mittwoch mit der Verfügungsstunde am Ende, hat sich Ewald vorgenommen, noch einmal die beruflichen

Perspektiven seiner Schüler zum Thema zu machen.

Verblüfft stellt er fest, dass für fast alle die Bewerbungslage so weit fortgeschritten ist, dass sie inzwischen nur noch ihre durchaus vorzeigbaren Halbjahreszeugnisse haben nachreichen müssen. Etwa die Hälfte hat schon feste Zusagen. Da fällt doch etwas unangenehm auf, dass ausgerechnet Sara, Enisa und Nazan noch keine rechte Perspektive haben. Bei den beiden syrischen Mädchen könnte der noch deutlich hörbare Akzent eine Rolle spielen, obwohl beide im Schriftdeutsch sehr sicher sind. Nazan hat ihre Bewerbungen ziemlich breit gestreut, sie ist über ihre Misserfolge reichlich frustriert. Um die Zukunft dieser Drei muss er sich dringend kümmern.

Vorurteile

Enisa hat sich unter anderem bei einer Werft am Rande Bremens beworben, die gerade für die Korrespondenz mit Großkunden aus der arabischen Welt eine kleine Sonderabteilung einzurichten begonnen hat. Bis zu einem persönlichen Vorstellungsgespräch war es gekommen. Enisa, die ja Arabisch als Muttersprache spricht, wenn auch in etwas anderem Dialekt als die Saudis, hat gesagt bekommen, man sei heftig an ihr interessiert und werde sich melden. Das ist aber schon mehrere Monate her und keiner hat sich geregt. Ewald lässt sich von Enisa den Namen eines der Gesprächspartner geben. Den der freundlichen Personalchefin hat sie zum Glück nicht vergessen.

Nachmittags von seiner Wohnung aus ruft Ewald dann in der Werft an und lässt sich zu dieser Dame durchstellen. Als er sich vorgestellt hat und gerade seine Frage stellen will, unterbricht ihn seine Gesprächspartnerin. „Ewald, das ist jetzt nicht wahr! Wie hast du denn herausgefunden, dass ich hier arbeite. Ich heiße ja nicht mehr Brinker sondern Steinbrecher, bin schon länger verheiratet."

Ewald kann es nicht fassen. Da hat er seine frühere Klassenkameradin Hella Brinker am Apparat. Er erklärt ihr den Anlass für diesen seltsamen Zufall und fragt direkt nach dem Stand der Dinge. „Ja, weißt du, wir würden diese junge Dame von Herzen gerne einstellen, ihre Mehrsprachigkeit ist ein großes Kapital. Da gibt es aber zwei Probleme. Das eine würde sich mit ihr zusammen bestimmt lösen lassen, aber das andere scheint unüberwindbar. Erstens ist ihr Auftreten erheblich zu sehr von Zurückhaltung geprägt. Das müsste intensiv verändert werden. Mit unseren Scheichs und Emiren musst du forsch, ja geradezu frech verhandeln, sonst wirst du als Frau nicht ernst genommen.

Für das zweite Problem fehlt uns jede Lösung. Für diese Arbeit benötigen wir nicht nur eine sondern sofort zwei ebenbürtige Personen. Das können gerne, sollten sogar jedenfalls Damen sein, wenn sie entschlossen genug auftreten. Letztlich benötigen wir sie nämlich sowohl als kompetente kaufmännische als jedoch auch technische Fremdsprachenkorrespondentinnen, welche die Sprache unserer Kaufleute und auch Techniker eins zu eins übertragen. Ich bin da ganz offen dir gegenüber. Diese Enisa Skeif wird das nur mit einer energischeren Zweiten auf Dauer schaffen. Woher aber nehmen und nicht stehlen?" „Da kann ich dir wohl helfen. Wann in den nächsten Tagen darf ich dir und anderen Entscheidern mit Enisa zusammen eine weitere syrische Bewerberin bringen? Du wirst sehen, Sara ist von vorne herein erheblich kecker als Enisa, wenn sich aber Enisa in einer Angelegenheit sicher ist, steckt sie Sara glatt in den Sack. Und beide sind fabelhaft aufeinander eingespielt."

„Das wäre was! Könntest du mit den Damen am kommenden Montag um fünfzehn Uhr hier sein? Einen unserer Geschäftsführer und einen zweiten wichtigen Kollegen hätte ich sicher zu dieser Zeit verfügbar." „Das dürfte kein Problem werden. Mir macht das richtig Spaß, dich mal wieder zu sehen." Und als er das sagt, fällt ihm ein, dass er sich kurz nach dem Abitur am Morgen nach der Abschlussfete in Hellas Bett vorgefunden hatte. Infolge eines Filmrisses hat er aber keine Erinnerung an den Sex mit ihr, seinen ersten überhaupt, den sie ihm morgens gelassen als „mal ganz schön, aber nix für die Zukunft" beschrieb. Bei späteren Klassentreffen war das nie mehr ein Thema zwischen ihnen.

Der Besuch im Konferenzraum der Werft wird für die Stiefschwestern Sara und Enisa ein voller Erfolg. Nachdem er beiden deutlich eingetrichtert hat, welche Erwartungen man dort an sie hat, laufen sie in den Vorstellungsgesprächen zu ungeahnter Form auf. Von wegen Zurückhaltung. Ihre Erlebnisse der Flucht und bei den Behörden haben beide relativ hart werden lassen. Genau jene Eigenschaft, die hier gebraucht wird. Ganz zum Schluss erst rücken sie auch noch mit ihrem stiefschwesterlichen Verhältnis heraus.

Was danach geschieht, macht Ewald dann außerordentlich zufrieden. Beide bekommen sofort Arbeitsverträge mit Mindestprobezeiten und jeweils geradezu fürstlichem Anfangsgehalt. Das ist bestens gelungen. Beim Abschied fragt ihn Hella:

„Hast du Familie?" „Nee, ich bin überzeugter Single." „Weißt du überhaupt, was du versäumst? Ich habe einen prima Mann und zwei prächtige Kinder. Und das ist wunderbar." Naja, das ist halt Geschmacksache, denkt er.

Nun überlegt Ewald, wie er wohl Nazans Schwierigkeiten zu Leibe rücken kann. Wieder nimmt er sein privates Telefon in seiner Freizeit zu Hilfe. Diesmal hat er fünf angefragte Arbeitsstellen von den etwa zwanzig, die Nazan angeschrieben hat. Von diesen Fünfen hat sie wenigstens ordentliche Absagen bekommen. Dort überall möchte er etwas über die Gründe für diese Absagen erfahren. Der freundliche Inhaber einer mittelständischen Firma gibt sofort zu, dass er Nazan ganz gerne eingestellt hätte, aber der Bewerbung einer anderen jungen weniger qualifizierten Frau den Vorzug hätte geben müssen, weil er im Gegenzug zu deren Einstellung von ihrem Vater einen Großauftrag bekommen hat. Klarer Fall von sanfter Erpressung.

Bei der Stadtverwaltung hatten sich vier seiner Schülerinnen beworben. Eingestellt würden Nina Balwili und Snjezana Kovacic, erstere wegen ihrer perfekten Russischkenntnisse, die sie in der Behörde im Umgang mit Spätaussiedlern benötige, und letztere, weil sie für die vorgesehene Stelle im Fremdenverkehrsamt jedenfalls sowohl von ihrem Selbstbewusstsein als auch ihrer umwerfenden Erscheinung her die bei Weitem am besten Geeignete sei. Nazan sei zu sehr auf Kunstgeschichte und Kultur orientiert, das nütze der Verwaltung recht wenig. Diesen Hinweis auf die besonderen Neigungen Nazans, die sich als Hindernis für eine Einstellung dargestellt hätten, erhält er auch von der Kreisverwaltung und der

Hafenbehörde, wo sich Nazan ebenfalls beworben hatte, in der Hafenbehörde sogar zum Gespräch geladen worden war. Der dortige Personalchef meint: „Wir brauchen ein robustes Menschenkind in dieser Aufgabe als Assistentin des Hafenmeisters. Wir stellen da Ihre farbige Schülerin ein, die wird den Kapitänen und LKW-Fahrern sicherlich unmissverständlich klarmachen, wo es langgeht. Die hat die Power." Gegen den „Flammenwerfer" Fatou hat Nazan natürlich keine Chance gehabt. Und Fatou insoweit eine Menge Glück, denn gerade aufgrund der Hautfarbe war Ewald ihretwegen eigentlich besorgt gewesen. Was Nazan anbetrifft, ist er erst einmal mit seinem Latein am Ende. Karin beruhigt ihn. „Du wirst sehen, irgendwann tut sich für das feine und kluge Mädchen eine genau passende Stelle auf. Ähnliches haben wir schon öfter erlebt."

Schulalltag

Die nunmehr noch neun Wochen zwischen der Halbjahreszeugnisausgabe und den Osterferien sind nun gut gefüllt mit der Aufgabe, die letzten Lehrinhalte zu bearbeiten und zugleich möglichst viele aus den vergangenen Monaten kurzgedrängt zu wiederholen. Nicht alles, was durchgenommen wurde, sitzt in den Schülerköpfen fest. Das wäre wohl auch erheblich zu viel verlangt bei der Fülle des Unterrichtsstoffes. Ewald ist aber schließlich recht zufrieden, dass zum Einen doch ziemlich viel Stoff bei seinen Schülern direkt abrufbar ist, zum Anderen die vergessenen Inhalte früheren Unterrichts recht schnell wieder „aufgewärmt" werden können. So bleibt Zeit, sich nicht nur organisatorisch, sondern auch inhaltlich auf die Abschlussfahrt ordentlich vorzubereiten.

Für einige Schüler steht im Deutschunterricht noch aus, ein Referat zu halten. Natürlich nimmt Ewald die Gelegenheit der Reiseplanung zum Anlass, einige Dresden betreffende Themen bearbeiten zu lassen. So werden natürlich die letzten Referate zugleich Vorbereitungsinformationen für die Abschlussfahrt. Alle diese Referate sind recht ordentlich recherchiert und formuliert. Unerreicht sowohl in inhaltlicher Qualität als auch in der sprachlichen Fassung ist das von Ewald bewusst ans Ende gesetzte Referat Nazans zum gesamten Gebäudekomplex, besonders natürlich zu den Kunstschätzen des Zwingers. Und zugleich kündigt sie an, sie werde in der Frauenkirche einen entsprechenden kleinen Vortrag halten, den sie inzwischen ebenfalls vorbereitet habe. Eigentlich haben sich Karin und Ewald zu diesen Informationen auf die geplante Begleitung verlassen, die vom Fremdenverkehrsbüro des

„Dresden Tourismus" auf Anfrage für solche Schulklassenstudienfahrten in unterschiedlichem Umfang angeboten wird. Eine solche ist natürlich längst gebucht.

Auch Karin Eckelmann nutzt den Anlass der Klassenfahrt und lässt die letzten Referate über Dokumentationen halten, die für England von den bösen Kriegsereignissen berichten, unter denen „Elbflorenz" im Zweiten Weltkrieg entsetzlich gelitten hat. Alle diese unterrichtliche Bearbeitung der Geschichte, der Baukunst und all der anderen Kunstschätze dieser Stadt stimmen die ganze Klasse und auch ihre beiden Lehrkräfte bestes auf die Reise ein, die eine Woche nach Osterferienende beginnen wird.

Schon im Februar haben Ewald und die beiden Klassensprecher Annika Berg und Markus Jensen von drei Busunternehmen Angebote eingeholt. Das interessanteste und zugleich preisgünstigste kam von einem Unternehmen aus einer Ortschaft in der Nähe, das als Besonderheiten einen relativ kleinen Bus mit nur dreißig Sitzen einsetzen kann und als Fahrer - erstaunlicher Weise - einen gerade in den Ruhestand versetzten Grundschulrektor, der wohl schon als Student und dann während seiner gesamten Dienstzeit in seinen Ferien immer wieder Fahrten für dieses Unternehmen seines Bruders durchgeführt hat. Die Klasse ist natürlich einstimmig dafür, dieser Firma den Auftrag zu erteilen.

Durch die bevorstehende Reise sieht sich Ewald vor der Notwendigkeit, die meiste Zeit der Osterferien damit zuzubringen, sogfältig die dann kurz danach folgenden Notenkonferenzen der Abschlussklassen vorzubereiten, vor Allem natürlich der Seinen. Zwei ganze Schultage nach den Ferien verwendet er dafür, bei allen infrage kommenden Klassen von den einzelnen Schülern ihre Selbsteinschätzung in seinen Fächern zu erfragen. Recht zufrieden stellt er fest, dass fast alle sehr realistisch beurteilen, wo sie stehen. Nicht ganz realistisch ist eigentlich nur Sidsel Steffensen, sie schätzt sich erheblich schlechter ein, als sie steht. Ewald führt mit ihr daraufhin in einer seiner Freistunden ein Mut machendes Einzelgespräch. Manchmal fehlt ihr trotz der Nähe ihrer beiden Heimatländer und ihrer Kulturen einfach das nötige Selbstvertrauen.

Karin, mit der er solche Dinge gerne bespricht, entwickelt einen eigenwilligen Gedanken. „Schau dir deine Schüler an. Die hiesigen kommen - fast schon ungewöhnlich - alle aus Mutter-Vater-Familien. Das gibt in der Prägephase die notwendige Stabilität und in der Pubertät die notwendigen Kleinkriege, die einen jungen Menschen stark machen. Die mit Migrationshintergrund haben fast alle das gleiche

Glück. Auch die sind mit vier Ausnahmen alle mit Mutter und Vater aufgewachsen. Deren Familien sind durch ihre Wanderungen ganz auffällig stabil. Ihre gemeinsamen Erlebnisse haben sie verblüffend stark gemacht. Zwei Ausnahmen sind Sara und Enisa, doch hat sich der Verlust des jeweiligen Elternteils durch die Ehe der Verbliebenen nicht stark auf ihre Entwicklung ausgewirkt. Im Gegenteil, das gemeinsame Elend hat sie gefestigt. Bleiben Sidsel Steffensen und Mirella Krawczik. Die leben beide seit längerer Zeit mit nur je einem Elternteil. Sidsel fehlt Einiges an Stabilität und Kampfgeist. Und Mirella ist manchmal so bissig, dass es einen regelrecht erschrecken kann. Ich bin mit dieser Sicht der Dinge reichlich konservativ. Aber Generationen von Schülern haben mich gelehrt, die Dinge so zu sehen. Meine beiden Kinder waren zum Glück erwachsen und reif, als mein Mann damals so plötzlich starb. Dafür bin ich dankbar, so hatten sie ein Elternpaar. Allein zu erziehen ist reichlich schwer." Ewald kann Karins Argumentation nachvollziehen. Ihm fallen manche Beispiele von Schülerinnen und Schülern anderer Klassen ein, die von nur einem Elternteil erzogen werden oder wurden, und bei denen das Folgen zeigt.

Die Hinfahrt

Einen vergleichbaren Omnibus, wie den, in den die Klasse dann am 30. April mit allem Gepäck verfrachtet wird, hat Ewald noch nie gesehen. Das ist ein „Midi" oder „Clubbus". Wendig und flexibel wie ein Van stehen diese Midis ihren großen Verwandten in Innenausstattung, Sicherheit und Bequemlichkeit in nichts nach. Sie sind lediglich kürzer, etwas weniger breit, und haben einen kürzeren Radstand. Mit einer Fahrgastkapazität von 30 Personen ist dieser perfekt für Fahrten wie diese Klassenreise geeignet. Überraschend und sehr angenehm ist, dass unterflur ein recht beachtlicher Laderaum zur Verfügung steht und der Abstand der Sitzreihen nicht gar so eng ist.

Dieser Busfahrer ist überhaupt ein Phänomen. So originell wie die Tatsache, dass er als Lehrer ein erprobter Reisebusfahrer ist, erlebt die Klasse diesen kleingewachsenen fröhlichen Mann mit seinem gepflegten Kahlkopf, dem kurzen Graubart und den schalkhaftesten Augen, die Ewald je begegnet sind. Sorgfältig packt er mit Unterstützung der jungen Leute alle Koffer und Reisetaschen hinter die vier großen seitlichen Ladeklappen. Glücklicherweise hat Ewald diesen geraten, sich für die Reise eine kleine Tasche oder einen kleinen Rucksack vorzubereiten, der mit in den Fahrgastraum genommen werden kann. Ihre größeren Gepäckstücke sind bis zum Ziel unerreichbar.

Als alle ihre Plätze gefunden haben, erklingt eine sonore Männerstimme aus den Lautsprechern. „Moin, Leute. Jetzt seid ihr mir für einige Stunden ausgeliefert, das soll mir eine Verpflichtung sein, euch heile abzuliefern. Angefangen von der Jüngsten, die, wie ich erfahren habe, an Ostern achtzehn wurde, bis zur Karin, die heute nicht das erste Mal mit mir unterwegs ist, könnt ihr alle mich Jürgen nennen. Mein Nachname Gehring ist nur von geringem Interesse. Ich sage zu jeder und jedem, ob Schüler, ob Lehrer, einfach ‚Du'. Und so könnt ihr mich auch anreden. Heute fahren wir relativ zahlreiche Kilometer über Land, wie das besprochen wurde. In einer Woche zurück geht's dann vorwiegend per Autobahn. So, und nun lasst uns starten."

Die erste Strecke geht zwangsläufig ein gutes Stück über Land, bis schließlich nach Durchquerung des Wesertunnels die erste Autobahnetappe beginnt. Die A 27 ist allen ziemlich vertraut, so richtet sich jede Sitzreihe erst einmal ein Wenig ein. Karin Eckelmann hat sich sofort hinter den Fahrer gesetzt, zuerst alleine. Und nun plötzlich kommt Nazan nach vorne, fragt „darf ich?" und rutscht neben sie. Auf der rechten Seite hat sich Ewald niedergelassen, auch er vorerst alleine. Um mit Jürgen jederzeit sprechen zu können, sitzt er am Mittelgang.

Nach gut anderthalb Stunden ist über das Bremer Kreuz und ein kurzes Stück A 1 die Abfahrt Sottrum erreicht, an der Jürgen verabredungsgemäß die Autobahn auf die B 75 verlässt und kurz vor Rotenburg/Wümme auf die B 71 einbiegt. Und die wird nun lange der Fahrweg bleiben. Allmählich beginnt Heidelandschaft. Jürgen fängt plötzlich an, über die Sprechanlage zu erzählen. Das sind kompetente Informationen über diese besondere Landschaft, gemischt mit launigen Anekdoten und Berichten von früheren Ausflugsfahrten. Hie und da ist der Bus angefüllt mit herzlichem Gelächter der Insassen, die völlig erstaunt sind, mit welcher Unterhaltsamkeit dieser Mann, der bis zum Ende des vorigen Schuljahres noch eine dreizügige Grundschule geleitet hat, seine eigentlich nüchternen Informationen darbietet.

Zwischen Rotenburg und Soltau kommt auf einmal Snjezana von ganz hinten nach vorne und fragt Ewald, ob sie sich ans Fenster neben ihn setzen darf, dort hinten gehe es ihrem Magen nicht ganz so gut. Ewald lässt sie zum Fensterplatz durch. Langsam bekommt ihr bleich gewordenes Gesicht wieder seine gewohnte gesunde Farbe zurück. Ewald beobachtet sie zuerst besorgt und dann erleichtert von der Seite – und stellt plötzlich überrascht fest, dass ihn unversehens nicht die Schülerin Snjezana interessiert sondern, und das äußerst intensiv, die junge attraktive Frau, die da neben ihm sitzt. Mit einem fast zärtlichen Gefühl genießt er ihre Nähe, ihr Aussehen, ihre ruhige Ausstrahlung und sogar den hauchzarten Duft, den ihre Nachbarschaft ihn erleben lässt. Wie ein kleiner innerlicher Tsunami haben ihn Gefühle überrumpelt, mit denen er nun wirklich nicht gerechnet hat.

Er ruft sich zur Ordnung. Diese seltsame emotionale Explosion darf natürlich niemand bemerken, und Snjezana selbst jetzt schon gar nicht. Er gesteht sich aber dann doch ein, dass er sich gerade ganz heftig in diese junge Dame an seiner Seite verliebt hat. Und dass ihm wohl nichts weiter übrig bleiben wird, als diese Gefühle zumindest bis zum Ende des Schuljahres als Verschlusssache zu behandeln. Danach… nun, danach wird er, falls diese Gefühle anhalten, sehen müssen, ob und wie er an Snjezana wohl wird heran kommen können. Wunderschön wäre das ja. Was er nicht merkt ist, dass gerade in ihm der überzeugte Junggeselle dem Tsunami zum Opfer fällt. Um sich abzulenken beginnt er nun konzentriert und nicht ungeschickt, Karin, Nazan, Snjezana und Jürgen in ein lockeres Gespräch zu verwickeln. Jürgen sorgt in seiner fröhlichen Art dafür, dass dies auch wirklich gelingt. Und fährt den Omnibus trotzdem mit einer Aufmerksamkeit, die allen sechsundzwanzig Passagieren ein gut behütetes Gefühl gibt.

Jürgen fährt diese Strecke oft. So weiß er auch, wo sinnvoll Pausen eingelegt werden können. Kurz vor Gardelegen im Dorf Wiepke gibt es an der B 71 eine durchaus gute Möglichkeit; und da seine vorgeschriebenen viereinhalb Stunden maximale Schichtzeit bis dort um schon einige Minuten überzogen sind, ist es auch höchste Zeit, für sich und seine Reisenden eine Mittagspause zu machen. Der kleine Rasthof bietet Parkraum, die Möglichkeit der Einkehr und ein durchaus preiswertes Tagesgericht. Und draußen sitzen kann man auch. Nach etwa einer Stunde, die zum Mittagessen trotz flotter Küche nun mal nötig ist, geht's weiter. Jürgen hat sogar einige Zeit auf der viersitzigen hintersten Bank des Busses fest und tief geschlafen. Der Mann weiß genau, was er tut.

Die Sitzordnung ist die gleiche wie zuvor. Die letzte Bank bleibt weiterhin leer. Nur in den ersten beiden Stunden haben da Nina Balwili und Snjezana Kovacic zusammen gesessen und sich ausführlich über ihre erfolgreichen Vorstellungsgespräche im Büro der Stadtverwaltung ausgetauscht. Nina hat sich dann auf den einzigen leeren Platz neben Piet Vos gesetzt, den Nazan durch ihren Umstieg nach vorne frei gemacht hat. Sie lässt sich von seiner für September geplanten Hochzeit erzählen und hindert ihn so erfolgreich am Schlafen, während Snjezana mit ihrer bleichen Nase zu Ewald gerückt ist. Links und rechts die beiden hintersten Doppelsitze haben sich zu Hause sofort die Pärchen Sabrina und Sören sowie Mareike und Andreas gesichert, um ungestört auch ein bisschen knutschen zu können.

Nazan sprüht geradezu vor Begeisterung über und Vorfreude auf die bevorstehenden Erlebnisse in Dresden. Jürgen fährt nun erst einmal schweigend und hört sich vergnügt an, was die junge Dame alles über „Elbflorenz" zu erzählen weiß. Snjezana hat sich ein wenig zur Busmitte hin gedreht, um Nazans Informationen nicht zu verpassen. Die Folge, dass ihr linker Oberschenkel dabei ganz eng an Ewalds rechten herankommt, verstärkt das neue Rumoren in seinem Inneren ganz erheblich. Er beschließt, es einfach zu genießen. Noch immer ist er reichlich fassungslos über sich selbst.

Die Mahlzeit hat viele der Schüler müde gemacht, so fällt allmählich fast die Hälfte in den typischen Busschlaf. Der erfahrene Jürgen sieht das im

Panoramarückspiegel und grinst. „Es ist immer das Gleiche. Fahre ich von der B 71 auf die A 14, wird der Lauf des Wagens noch gleichmäßiger, und – schwupp – schlafen viele da hinten selig ein." Nicht nur hinten. Denn auch Snjezana ist plötzlich eingeschlafen. Allmählich kippt sie etwas zu Seite, und schon hat Ewald ihren Kopf mit der brünetten langen Mähne an der Schulter. Auch das lässt sich durchaus genießen. Und wie! Aber nichts merken lassen! Erst kurz hinter Halle am Schkeuditzer Kreuz wird Snjezana vom Höllenlärm eines startenden Flugzeugs geweckt. Erschreckt nimmt sie wahr, wo ihr Kopf wohl die ganze Zeit über geruht hat. Als sie sich entschuldigen will, kann Ewald sie besten Gewissens beruhigen. „Das war doch gar nicht schlimm." Schließlich war es ihm ja äußerst angenehm.

Alle Schläfer sind inzwischen wieder wach geworden. Das ist auch gut so, denn nach der langweiligen Landschaft zwischen Magdeburg und Leipzig wird es allmählich draußen wieder interessant. Das letzte Autobahnviertelstündchen führt dann noch über die A 4. Schließlich sind es von der Abfahrt nur noch wenige Minuten Richtung Innenstadt, schon ist die gebuchte Jugendherberge erreicht. Und tatsächlich, die versprochene „Schwimmhalle Freiberger Platz" ist direkt daneben, nur wenige Schritte über den Parkplatz entfernt. Jürgen weiß, die ist bis 21 Uhr geöffnet. Also halten sie das Abendessen ein bisschen bescheiden, räumen ihre Koffer und Taschen, soweit nötig, aus, und sind schließlich alle siebenundzwanzig, Jürgen also mit, gegen 19 Uhr 30 im Wasser. Für Ewald wird die Lage immer schwieriger. Im Bikini hat er Snjezana noch nie erlebt. Und nun bestätigt sich jede Beobachtung zuvor, dies ist eine traumhaft attraktive junge Frau. Kaum eine Mitschülerin außer Annika kann da mithalten, obwohl sich alle achtzehn Mädels sehen lassen können. Karin trotz ihrer Lebensjahre übrigens auch, und das scheint Jürgen zu gefallen. Lachend veranstaltet er mit ihr ein Wettschwimmen.

Dresden

Nachdem der Anreisetag trocken, heiter bis wolkig und immerhin etwa achtzehn Grad mild gewesen ist, ist der folgende 1. Mai zwar immer noch trocken, aber schon ein Wenig kühler. Trotzdem wandert die ganze Klasse nach dem Frühstück zum Elbufer, um von dort aus ordentliche Fotos von der Skyline der Altstadt zu bekommen. Weil erst ab dem 2. Mai die gebuchte Touristenführungsstaffel beginnt und für die nächsten Tage immer wieder Regen vorausgesagt ist, besteigen sie spontan ein Elbschiff, das in wenigen Minuten ablegen wird. Per Zufall macht es eine kleine Reise Richtung Elbsandsteingebirge, die aber auch, wenn bis zum Ende und zurück mitgefahren wird, kräftig Geld kostet. Bevor entschieden wird, ob zur Ersparnis nach zwei oder drei Stationen ausgestiegen werden soll und dann später zurückgefahren, läuft Karin zu ungeahnter Form auf. Sie bietet an, die volle Hin- und Rückfahrt privat für alle zu bezahlen. Über einen Gruppentarif bekommt sie zwar eine ordentliche Ermäßigung von fast dreißig Prozent, aber fünfhundert Euro kostet sie die Sache doch.

Diese Fahrt wird ein unerwartet schönes Ereignis, zumal das Wetter tatsächlich stabil bleibt. Ein Imbiss am Zielort, ein anschließender Spaziergang zu einigen Felsformationen und eine fröhliche Rückfahrt machen diesen ungeplanten Sonntag zu einem ganz besonderen Tag dieser Woche. Abends nötigt Ewald seiner Kollegin die Hälfte der Kosten auf, möchte aber nicht, dass die Schüler das erfahren. Das war nun einmal Karin Eckelmanns Sonderaktion und soll es auch bleiben.

Am nächsten Morgen steht dann pünktlich um neun Uhr der gebuchte Mitarbeiter des Touristikbüros im Frühstücksraum, wo die ganze Reisegesellschaft erwartungsvoll versammelt ist. Der Mann ist etwa in Ewalds Alter, nicht ganz so sportlich und schlank aber sonnengebräunt und fit. „Guden Daach, ihr Liem!" Aber sofort schwenkt er dann um in fast akzentfreies Hochdeutsch. „Ein richtig sächsischer Gruß muss sein, sonst denkt ihr noch, ihr wärt hier falsch. Mein Name ist Jörg Uhlig, für euch einfach Jörg. Der Name Uhlig ist in und um Dresden kein Nachname, sondern eher die Bezeichnung eines Volksstammes, so oft kommt der vor. Verwandt bin ich aber nur mit wenigen. Ich bin der Stellvertreter der Leiterin der Dresden Touristik. Eigentlich sollte ein Student, der für uns nebenher arbeitet, das hier machen. Aber dem haben sie einen Weisheitszahn gezogen, der fällt ein paar Tage aus. Also bin ich eingesprungen."

Der Klasse ist das egal, wer sie führt, Hauptsache munter und informativ. Und das ist dieser Mann. Er arbeitet nach einem Plan, nach dem weniger Spektakuläres und äußerst Typisches und Wichtiges ordentlich vermischt angeschaut werden soll. Das ist ganz geschickt, so bleibt die Spannung erhalten. Zuerst schließlich kommt das erste der echten Kleinodien, die Frauenkirche. Ewald hat Jörg gebeten, in der Kirche Nazan den erklärenden Vortrag halten zu lassen. Der grinst: „Versuchen wir´s halt." Und ist dann während dieses Vortrags völlig verblüfft, mit welchem profunden Wissen und trotzdem munteren und humorvollen Erzählstil diese Schülerin in die Geschichte und den Reichtum dieser Kultkirche hineinführt. Wenn er ehrlich zu sich selbst ist, muss er anerkennen, dass sie das sogar besser macht, als er es gekonnt hätte.

Danach belegt er Nazan mit allerlei Fragen und anderen Gesprächen. Für den Rest des Tages sind sie schließlich unzertrennlich, so unzertrennlich, das

Jörg sogar nach dem Abendessen wieder in die Jugendherberge kommt und mit der Klasse schwimmen geht. Eigentlich weniger mit der Klasse als mit Nazan, denn auch im Wasser sind beide stets bei einander und albern ausführlich herum. Dabei zeigt sich, dass er ein exzellenter Schwimmer ist. Nazan ist das aber auch. Nach dem Besuch einiger Galerien und zuletzt der Kreuzkirche am Tag darauf, dort sogar mit einem guten halben Stündchen Chorprobe des weltberühmten Chores, ist Jörg dann am Abend schon wieder zum Baden zur Stelle.

Ablauf wie am Abend zuvor, außer dass er Nazan – und wohl aus dem Wunsch heraus, nicht gar so offensichtlich seine Zuneigung ihr gegenüber zu zeigen – mit Karin und auch Ewald zusammen anschließend noch in eine kleine nahe gelegene Bar verschleppt. Dort verabreden dann die Vier, dass Nazan am Freitag noch den Höhepunkt, den Besuch des Zwingers, kommentieren darf. Als die Männer gemeinsam zur Toilette gehen, erklärt Jörg, genau so eine wie Nazan würde die Touristik händeringend suchen. „Na, dann frage sie halt. Sie ist eh die Einzige aus der Klasse, die noch keinen Job gefunden hat." Und du willst ja noch mehr von ihr, denkt er im Stillen. Was haben diese Mädels nur, dass wir alten Junggesellen so auf die abfahren?

Als sie wieder am Tisch sind, fragt Jörg tatsächlich bei Nazan an, ob sie sich vorstellen könne, hier nach Dresden zu kommen und als Mitarbeiterin im Touristikbüro anzufangen. Ihre sofortige begeisterte Zustimmung lässt auch bei ihr Einiges vermuten. „Ich denke sogar, meine Eltern wären recht froh, wenn ich nicht mehr zu Hause wohnen müsste. Ich habe immerhin vier jüngere Geschwister, die nicht mehr mit Brüderlein oder Schwesterlein ihr Zimmer teilen möchten. Meine Brüder haben schon eigene kleine Zimmer. Meiner Schwester käme unser Zimmer zur endlich möglichen Trennung sicher gerade recht. Aber wie finde ich hier eine Bleibe?" „Das lass mal meine Soge sein. Und morgen komme ich schon um Viertel Neun und bringe dich zu meiner Chefin. Ihr wartet doch auf uns?" „Klar!" Karin und Ewald antworten zweistimmig. Und lernen bei dieser Gelegenheit, Viertel nach Acht ist im Sächsischen „Viertel Neun".

Der nächste, der Tag vor der Abreise, wird dann vormittags in jeder Hinsicht Nazans Tag. Nachdem sie am Abend zuvor in einem ausführlichen Ferngespräch mit ihren Eltern auch deren Zustimmung zu ihrem Vorhaben bekommen hat, nach Dresden zu ziehen – was ihr sehr wichtig ist –, geht sie mit Jörg zu dessen Vorgesetzter. Zuerst wird sie vom Fleck weg eingestellt und kann ab dem ersten August ihre Arbeitsstelle antreten.

Dann läuft sie im Zwinger zu Hochform auf. Bis etwa dreizehn Uhr hält sie ihre Klasse mit noch mehr Einzelheiten in Spannung, als sie beim Referat in der Schule vorgestellt hat. Und Jörg ist sichtbar heftig verliebt in seine zukünftige Kollegin, tut aber so, als wäre da nichts. Außer allen Mitschülern, Karin, Jürgen und Ewald hat das auch niemand bemerkt. Und Karin flüstert Jürgen, der alle Führungen und Veranstaltungen voller Freude mitgemacht hat, leise zu: „Ewald meint auch, wir hätten nichts mitgekriegt. Immerhin, der tarnt sich besser als unser Sachse."

Der Zirkus

Am Nachmittag gehen dann alle achtundzwanzig, also Jürgen und Jörg mit, in die Zirkusvorstellung. Eigentlich fahren sie, denn Jürgen muss sie hinbringen und ist deshalb schon von daheim aus mit angemeldet worden wie auch der Gästeführer. Es ist ein seltener Genuss geworden, einen noch traditionell geführten Großzirkus zu erleben. Hie und da gastiert daheim im Städtchen oder einer Nachbarstadt der eine oder andere kleine Zirkus. Die sind oft ganz nett, wursteln sich so durch und haben natürlich nur einfachere Artistik und Dressur zu bieten. Mehr ist wirtschaftlich nicht drin. Manchmal ist wenigstens der Clown überraschend köstlich.

Hier aber nun gastiert ein richtig großer Zirkus mit internationaler Mannschaft. Bekannt ist er in ganz Europa wegen seiner Artistik auf Pferden, seiner fabelhaften Großkatzendressur und am allermeisten durch eine bosnisch-kroatische Trapeztruppe von absoluter Weltklasse. Auch die Musikkapelle kann sich hören lassen, und der Zirkusdirektor ist mit seinem kräftigen südosteuropäischen Akzent ein schlagfertiger und humorvoller Moderator der gesamten Vorstellung.

Bis zur Pause stehen die Leistungen der Tiere mit ihren Dressurmeistern und Dompteuren im Mittelpunkt. Als danach die Gitterwände der Großkatzenschau in unglaublicher Geschwindigkeit aufgebaut werden, unterhalten drei Clowns das Publikum aufs Beste. Nachdem die Löwen und Tiger durch ihre Gittertummel wieder in ihre großen Käfigwagen verschwunden sind, wird die Pause zum Abbau der Käfiggitter und zur Zurüstung der Kuppeltrapeze und Absprungpodeste genutzt.

Die Besucher dürfen zwischen die Käfigwagen und an die Pferdekoppeln gehen, und sogar der eine oder andere Artist steht zum Gespräch bereit. Ewalds meiste Schüler sind bei den Tieren. Bei den Vorhängen des Zelteinganges für die Mitarbeiter sieht er Gallina Kurz und Snjezana Kovacic, die sich angeregt mit zwei Artisten unterhalten, einer jungen Frau und einem etwas älteren Mann. Dann ertönt eine Fanfare, die anzeigt, dass es gleich weiter geht. Beim dritten Signal sollten alle auf ihren Plätzen sein, hat der Direktor vor der Pause gebeten.

Anschließend folgen die großartigen Darbietungen verschiedener Artistengruppen. Als dann schließlich das riesige Sicherheitsnetz für die berühmte Kuppeltrapeznummer aufgespannt wird, kommt mit den acht jungen Artisten der Zirkusdirektor heraus und fragt, ob vielleicht ein Zuschauer oder eine

Zuschauerin den Mut habe, sich von diesen Artisten, die absolut sichere Werfer und Fänger seien, durch die Kuppel schleudern zu lassen. Mitten in einem erstaunten „Ooooh!" auf den Rängen erklingt plötzlich ein helles „Ja, ich!" – und Ewald sieht mit steigendem Entsetzen, dass „seine" Snjezana aufgesprungen ist, ihre leichte Bluse am Bund zusammenknotet und in die Manege springt. Bevor sie gewandt wie eine Katze die hohe Leiter empor steigt, schaut sie sich einmal um und ihm einen Augenblick direkt in die Augen, als wolle sie wissen, was er gerade denkt und fühlt. Und schon steht sie seitlich auf der Plattform.

Als ob sie gar nicht da wäre, beginnt nun die Truppe mit ihren Darbietungen. Die drei Männer hängen bald in ruhiger Schaukelbewegung mit den Kniekehlen in den drei Trapezen und schwingen sich in einen Rhythmus, der es ermöglicht, die jungen Frauen in unterschiedlicher Begegnung und ausgeklügeltem System hin und her fliegen zu lassen. Die Griffe, mit denen diese die Hände der Männer fassen und umgekehrt, sind sichtlich tausende Male geübt. Als das verwirrende Schaukelspiel eine Pause macht, hängt plötzlich Snjezana mit der gleichen Grifftechnik am ersten Fänger. Nach einigen Schwüngen lässt er sie zum nächsten fliegen, der sie sicher fängt, wie auch sie sicher zugreift, als ob sie das täglich mache. Wieder geht ein „Oooh!" durch die Ränge. Und dann fliegt sie weiter, dreht in der Luft einen Rückwärtssalto und hat sich sicher an den Händen des dritten Fängers verankert. Beifall brandet auf, als sie schließlich elegant auf der zweiten Plattform gelandet ist. Und plötzlich steht das ganze Publikum und klatscht anhaltend. Jürgen gerät fast außer sich und ruft mehrmals „Bravo!".

Ewald empfindet plötzlich einen unbändigen Stolz auf diese Leistung Snjezanas. Seine Zuneigung zu ihr wird immer stärker, sofern ein Zuwachs überhaupt noch möglich ist. Als sie mit einem Handstand-Überschlag die Bande der Manege überquert hat, bleibt sie ganz kurz im Aufgang zwischen den Sitzreihen stehen, schaut ihm wieder mit diesem forschenden Blick ihrer blauen Augen in die Seinen und setzt sich dann ganz gelassen neben Gallina, die ihr anerkennend auf die Schulter klopft.

Nach der Vorstellung und der kurzen Rückfahrt wird dieser letzte nun der erste Abend ohne Schwimmbadbesuch. Keiner möchte natürlich feuchte Badeklamotten einpacken müssen. Also setzt sich die ganze Klasse zum Abschluss in den großen Tagesraum der Jugendherberge, der auf Vorbestellung an diesem Abend von einem Caterer bewirtschaftet wird. Ewald hat sich nun ganz bewusst neben Snjezana gesetzt. „Wie kann das sein", fragt er sie, „dass sie diese Artistik so perfekt beherrschen? Da steckt doch enormes Training dahinter." Sie nickt. „Nur wenige Leute in unserem neuen zu Hause wissen, dass wir eigentlich eine Artistenfamilie sind. Vater war der Chef eben jener Truppe, bei der ich heute geflogen bin. Mutter, die aus der Herzegowina in Bosnien stammt, wurde von ihm nicht nur unter der Kuppel gefangen. Als mein Bruder Luka unterwegs war, haben sie in England, wo sie gerade gastierten, geheiratet. In den Folgejahren sind sie zuerst in ganz Europa unterwegs gewesen. Dass ich in Vaters Heimat geboren bin, ist eher ein Zufall. Etwa ab unseren zweiten Geburtstagen kamen zuerst Luka und dann auch ich in ein hartes Training, das uns beiden aber großen Spaß machte. Bereits mit vier bin ich durch die Kuppel geflogen. In Staaten, in denen das erlaubt war, sogar bei öffentlichen Auftritten. Nach einer im Fernsehen übertragenen Veranstaltung in Monaco ist mein Vater von einem ausgebrochenen Tiger angegriffen und so schwer verletzt worden, dass es mit der Artistik für immer vorbei war. Nach seinem Krankenhausaufenthalt hat er die Leitung der Truppe an Mutters jüngsten Bruder Mica, der heute am mittleren Trapez hing, übertragen. Finanziell sind sie auch miteinander klar gekommen. Meine Eltern geben heute ihre zahllosen Kenntnisse aus dem Artistentraining als selbstständige Fitness-Studio-Betreiber weiter, beide haben hier in Deutschland recht schnell die Qualifikation erwerben können. Und Luka wird das Studio irgendwann endgültig übernehmen."

„War das dann heute eine Augenblicksidee, sich mit ihrem Onkel abzusprechen?" „Nein, ich wusste ja, dass wir uns hier treffen. Mit ihm und seiner Frau habe ich in der Pause geredet. Ich hatte noch einmal ordentlich zu Hause trainiert, um hier richtig angeben zu können. Deswegen habe ich auch heute mein Haar in einen Pferdeschwanz gebändigt." Sie lacht. Und ihre blauen Augen funkeln übermütig. Ewald muss sich ordentlich zusammenreißen, um sie nicht nach draußen zu bitten. Er hätte sie in diesem Augenblick gar zu gerne geküsst. Als er sich wieder im Griff hat, fragt er: „Und ist ihnen und ihrer Familie schwer gefallen, sesshaft zu werden, dazu noch in einem anderen Land mit fremder Kultur und Sprache?" „Erstaunlicher Weise, nein. Ich bin heute fest davon überzeugt und sehe auch bei meinen Klassenkameraden, dass wir Wanderer alle ein bisschen wie Schiffe sind, die aus dem sicheren Hafen auf die raue See mussten. Da muss aktiv der Anker ausgeworfen werden. Und dann gilt: ,Wo der Anker hält, bin ich zu Hause.'"

Die Rückkehr

Am nächsten Morgen ist der Omnibus wieder flott gepackt und alle finden mit fast schlafwandlerischer Sicherheit wieder „ihre" Plätze. Snjezana sitzt nun sofort neben Ewald, und Nazan wartet wie er mit dem Einsteigen geduldig, bis alle anderen im Bus verschwunden sind. Gerade wollen sie einsteigen, da kommt Jörg auf dem Fahrrad auf den Parkplatz geeilt. Er springt vom Rad, zwei Schritte bis zum Bus und nimmt Nazan plötzlich fest in die Arme. „Ich habe ja zum Glück deine Adresse. Am Himmelfahrtswochenende habe ich vier Tage frei, dann komme ich dich besuchen. Bis zum August ist es viel zu lange." Lacht und küsst Nazan zum ersten Mal. „Ich habe dich so lieb gewonnen, länger halte ich das ohne dich nicht aus." Nach einem weiteren herzhaften Kuss befreit sich Nazan aus seinen Armen. „Mir würde es auch zu lange dauern. Ich rufe dich heute Abend an."

Ewald steigt dann als Letzter ein und setzt sich neben Snjezana auf seinen angestammten Platz. Ein bisschen ist er neidisch auf Jörg, dass der nun so schnell mit Nazan vorangekommen ist. Er weiß aber wohl, dass er mit Snjezana auf Abstand bleiben muss, mindestens bis nach den mündlichen Prüfungen. Also bleibt ihm nur, wieder ihre räumliche Nähe in den nächsten Stunden ordentlich zu genießen. Die Vulkanerscheinungen in seinem Inneren halten sich heute erfreulich in Grenzen. Seit Snjezanas Blicken im Zirkus ist er sich nun ziemlich sicher, dass er bei ihr durchaus Chancen hat. Oder warum sonst hat sie nur nach ihm geblickt vor und nach ihrer Vorstellung?

An der Schule angekommen finden sie allerlei PKWs vor. Per WhatsApp haben sich doch einige der Reisenden mit ihren familiären Transporteuren verabreden können. Gallina und Snjezana, die beide in einer und derselben Straße wohnen, beispielsweise mit einem jungen Mann, der angesichts großer Ähnlichkeit Snjezanas Bruder Luka sein dürfte. Karin bleibt im Bus sitzen. „Ich bekomme einen Sonderservice. Jürgen fährt mich nach Hause. Da brauche ich mir kein Taxi zu bestellen. Ich bin ihm dafür sehr dankbar." Jürgen lacht. „Ach was, doch nicht dafür. Mache ich doch gerne. Und bekomme dafür ja ein Abendessen."

Am Montag früh ist dann natürlich die ganze Reisegesellschaft pflichtbewusst und angefüllt mit schönen Erinnerungen wieder zur Stelle. Karins erste Unterrichtsstunde beginnt erst nach der großen Pause. Gerade, als die Schüler in den Pausenhof strömen, bollert ein Beiwagenmotorrad auf den Lehrerparkplatz. Elegant schwingt sich

Karin aus dem Beiwagen, legt den Helm zurück und verabschiedet sich vom Fahrer mit einem schnellen Kuss. Vierundzwanzig Stimmen begrüßen die beliebte Lehrerin mit einem fröhlichen „Hey!", und die meistens recht vorlaute Sabrina stellt fest: „Hat er´s also doch noch geschafft, der Jürgen." Als Ewald seiner Kollegin unauffällig gratuliert, zwinkert sie ihm zu und meint: „So hat diese Reise zwei neue öffentliche und ein noch verschwiegenes Pärchen hervorgebracht. Ihr werdet wohl noch ein paar Tage warten müssen." „Wie kommst du auf sowas?" „Na, hör mal! Weder Jürgen noch ich sind blind. Und ich bin nun nicht mehr allein. Herrlich."

Die Musik

Vierzehn Tage nach der Rückreise der Klasse von der Abschlussfahrt hat sich Ewalds Jazzband wieder zur Probe im Probenkeller von Markos Restaurant zusammengefunden. Marko berichtet eine Neuigkeit. Just zum ersten Samstag in den Sommerferien hat er die Teilnahme seiner Band an einem Folklorekonzert-Wettbewerb in Bremen buchen können. Da will er natürlich mit seiner kroatischen kleinen Formation einen ordentlichen Eindruck hinterlassen, vielleicht gar in die Wertung der besten Drei gelangen. Und wieder hat er das übliche Problem, das Ewald auch zur Genüge kennt. Der Eine oder Andere musste ihm absagen.

Für den durch einen schweren Arbeitsunfall kurzfristig ausgefallenen Schlagzeuger Marcel Timpe, den sie am Jazzprobeabend notdürftig durch die elektronische Perkussion eines Keyboards ersetzen, hat er schon einen guten Ersatz aus der eigenen Verwandtschaft, aber für den Gitarristen noch nicht, der zu dieser Zeit schon mit seiner Familie in Urlaub ist. Ewald, der in diesem Jahr für nur zwei Ferienwochen ein kleines Wohnmobil gemietet hat und nach Südtirol möchte, an das er schöne Kindheitserinnerungen hat, sagt ihm gerne zu. Er fährt erst anschließend. Langsam findet er Gefallen an der emotionalen Musik der Balkanvölker.

Die erste Probe in der Zusammensetzung für Bremen soll dann am Sonnabend nach Pfingsten und den Abschlussprüfungen seiner Klasse stattfinden. Ausgestattet mit den Arrangements für alle vorgesehenen Titel geht Ewald zuhause eifrig ans Werk, diese so intensiv zu studieren und einzuüben, dass er beim Auftritt die Notenblätter nur zur Sicherheit vor sich stehen haben wird. Diese

Vorbereitung ist der perfekte Ausgleich zur Ausarbeitung der Unterlagen für die elf mündlichen Prüfungen, die er abzuhalten hat.

Insgeheim ist er froh, dass er Snjezana nicht mündlich prüfen muss. In seinen Fächern steht sie glatt und wird in Mathematik und Rechnungswesen geprüft werden. Im Umgang mit Zahlen ist sie offensichtlich nicht ganz so souverän wie in dem mit sprachlichen Inhalten und ihrem bestens trainierten Körper. Und zum Wochenende ab Himmelfahrtstag ist Jörg tatsächlich gekommen, hat Jürgens bisherige Wohnung nutzen dürfen und Nazans Familie kennengelernt. Nach einigen behutsamen Schnupperstunden ist mit dieser ein überraschend herzliches Verhältnis entstanden.

Die mündlichen Prüfungen sind für alle Betroffenen der Klasse ein voller Erfolg. Kein Prüfling verpasst die Chance auf die bessere Note, dieses Ergebnis macht Ewald richtig stolz. Da die Schüler nun zu Hause bleiben dürfen, ergibt sich für ihn auch ein völlig unterrichtsfreier Freitag, nach den langen Tagen der Prüfungen und Notenkonferenzen eine angenehme Entlastung. Noch einmal nimmt er sich alle kroatischen Titel vor und stellt befriedigt fest, dass er nun tatsächlich bereits jeden auch ohne Notenblatt werde spielen können. So fährt er fröhlich und wohlvorbereitet am Nachmittag des Sonnabends die zweiundzwanzig Kilometer zu Markos Restaurant.

Nachdem er im Gastraum eine kleine Mahlzeit verspeist und ein alkoholfreies Bier getrunken hat, geht er mit Marko und dem zweiten Geiger Franjo in den Probenkeller hinunter, wo ein herausragend virtuoses Schlagzeugsolo verrät, dass da schon jemand ist. Als er sich kurz an das Dämmerlicht gewöhnt hat, traut er kaum seinen Augen. Diese

Person mit dem langen Pferdeschwanz am Schlagzeug ist ihm wohlvertraut. Da wirbelt seine bisherige Schülerin Snjezana Kovacic, die ihm in letzter Zeit schlafarme Nächte verursacht. Und wie die wirbelt. Der verletzte Stammtrommler Marcel Timpe kommt kaum an ihr Können heran.

Mit einem zarten Klirren der Becken beendet sie ihr Spiel, steht auf und lacht ihn an: „Na, da staunste." Natürlich duzt sie ihn sofort, das ist völlig normal unter Musikern, alles Andere wäre lächerlich. Sie begrüßt Marko mit einem Wangenkuss: „Moin, Onkel Marko!", dann den zweiten Geiger ebenso: „Moin, Franjo!" und schließlich auch ihn mit überraschenden sogar zwei Wangenküssen: „Moin, Ewald! Super, dass wir zusammen Musik machen." Sie also ist für das Schlagzeug die Lösung aus Markos Verwandtschaft. Dass die Beiden miteinander verwandt sind, war Ewald bis dahin unbekannt.

Als dann alle sieben Musiker zusammen sind, gibt es eine total professionelle Probe, die etwa drei Stunden dauert und alle davon überzeugt, dass es nur noch einer weiteren am kommenden Samstag bedarf, um in Bremen konkurrenzfähig aufzutreten. Ganz überrascht sind alle von der rhythmischen Präzision und klanglichen Vielseitigkeit des Spiels der neuen Schlagzeugerin. Ewald fragt sich, was Snjezana eigentlich nicht kann. Nach einem halben Plauderstündchen noch einmal im Gastraum brechen dann diejenigen Musiker auf, die noch zu fahren haben. Als Ewald aufsteht, fragt ihn Snjezana: „Nimmst du mich bitte mit nach Hause? Dann braucht mein Bruder nicht mehr herkommen."

„Natürlich." Ewald nickt, beide verabschieden sich und gehen zu seinem Auto.

Snjezana hat eine kleine, aber gut gefüllte Umhängetasche bei sich, die sie hinter dem Beifahrersitz verstaut. Dann geht die Rückfahrt los. „Mensch, Mädchen, das hätte ich nie gedacht, dass du so perfekt die Schießbude bedienst." „Du kannst ja nicht alles von deinen Schülern wissen." „Immerhin weiß ich schon längst, dass du verflixt schlau bist und deinen Körper perfekt beherrschst. Das beweist auch wieder dein Schlagzeugspiel." Die Nähe der jungen Frau, in die er insgeheim nun schon seit einigen Wochen so heftig verliebt ist, macht ihn zugleich glücklich und verlegen. Wie wird das nun in nächster Zeit weiter gehen? Als sie von der Bundesstraße ins Städtchen abbiegen, fragt sie plötzlich: „Kann ich noch ein bisschen mit zu dir kommen?" „Echt, das möchtest du jetzt?" „Klar. Ich bin doch neugierig, wie du wohnst. Und bei uns zu Hause ist keiner. Meine Eltern sind in Kroatien zu einer Beerdigung, und mein Bruder ist bei seiner Freundin."

So nimmt er sie eben mit in sein Haus. Und der Tsunami in ihm beginnt wieder zu toben. Ihre Tasche hat sie mitgenommen und stellt sie neben die Garderobe. Vor dem Spiegel löst sie den Pferdeschwanz und schüttelt kurz ihre langen Haare locker. Dann dreht sie sich zu ihm um und schaut ihm mit einem Blick direkt in die Augen, der ihm wortlos, aber unmissverständlich mitteilt: „Du kannst mich jetzt ruhig küssen. Und alles, was du sonst von mir willst, bekommst du auch." Ewald folgt dieser stummen Einladung ohne Umschweife so stürmisch und ausführlich, dass es ihnen beiden fast den Atem raubt. Als sie einen Moment lang durchatmen, lächelt sie schelmisch: „Ich weiß doch schon seit einiger Zeit, dass du dich in mich verliebt hast. Und ich liebe dich auch, schon seit Längerem.

Aber zwischen Lehrer und Schülerin ging das ja nicht. Jetzt aber …" und schon kann sie nicht weiter sprechen, denn er küsst sie bereits wieder, nun aber sanfter und voller Zärtlichkeit.

Auf Ewalds gemütlichem Sofa geht's dann weiter. Beide können schier nicht vom Anderen lassen. Irgendwann fällt es dann Ewald ein: „Wie ist das mit Verhütung? Ich habe nichts hier, du hast mich ganz schön überrascht. Ich möchte aber jetzt gerne sofort mit dir ins Bett." „Mach dir keine Sorgen, mein Liebster. Es kann nichts passieren. Nachdem du mich im Zirkus so angeschaut hast, voller Sorge, mir könnte etwas zustoßen, und dann voller Stolz auf meine Akrobatik, da wusste ich genau, dass du mich insgeheim als dein Mädchen betrachtest. Du hattest dich ja gleich anfangs bei unserer Abschlussfahrt heftig in mich verknallt. Bei mir ist das längst vorher passiert gewesen. Warum wohl habe ich mich im Bus neben dich gesetzt? Kapiert habe ich, dass es dich auch erwischt hat, als ich ohne Absicht an deiner Schulter gepennt hatte und du auf meine Entschuldigung regelrecht zufrieden reagiert hast: ‚Das war doch gar nicht schlimm.' Als wir zu Hause waren, habe ich sofort mit dem Rezept, das ich schon hatte, die Pille besorgt und nehme sie jetzt brav und pünktlich ein. Dann zeig mir schon dein Bett, das brauchen wir wohl jetzt beide dringend."

Recht spät am kommenden Morgen führt Ewald dann sein Mädchen, nackt wie sie sind, erst einmal durch die ganze Wohnung. Im Bad dreht sie plötzlich um und holt ihre Tasche aus dem Flur. Da ist alles drin, was sie nun braucht. Kosmetikartikel, frische Unterwäsche, ein sauberes T-shirt und einige andere Utensilien einer Frau. „Los, komm mit unter die Dusche und dann anziehen. Anschließend machen wir uns ein ordentliches Frühstück. Du hast doch alles da?" „Nein, aber die fehlenden Brötchen hole ich nachher mit dem Fahrrad. Unser Bäcker hat sonntags früh geöffnet. Dir zeige ich, wie du uns Tee machen kannst, und wo die Gedecke sind." Und dann läuft der Morgen ab, als ob sie beide schon monatelang zusammen wohnen würden.

„Ich wusste zwar, dass du recht zielstrebig bist, aber dein gestriger Husarenritt gegen meine Zurückhaltung ist eine echte Glanzleistung. Du glaubst gar nicht, wie glücklich du mich machst. Und ich Depp habe mir immer eingebildet, ich brauche keine Frau." „Wenn du willst, kannst du mich sogar ab sofort ganz bei dir behalten. Meine Eltern sind insgesamt mehr als einen ganzen Monat unterwegs, beide haben für die weite Reise allen Urlaub zusammengepackt. Und meinem Bruder ist eh wurscht, was ich treibe. Ich rede ihm auch nicht rein. Du kennst seine Freundin übrigens auch. Die hast du in der kaufmännischen Berufsschulklasse Groß- und Industriehandel in Deutsch gehabt, die heißt Merle Stalling." „Hübsch und schlau", nickt Ewald.

„Wenn du hier einziehen willst, gefällt mir das sehr. Dann müssen wir heute Nachmittag zu deinem Elternhaus fahren und für dich alles holen, was du hier brauchst. Ach ja, Fahren. Da wäre noch etwas. Ich plane, nach unserem Auftritt in Bremen mit einem gemieteten kleinen Wohnmobil in Urlaub zu fahren. Da arbeitest du noch nicht. Fährst du also mit? Und ist dir Südtirol als Reiseziel recht?" „Was dich interessiert, will ich auch miterleben. Und so eine Reise stelle ich mir herrlich vor. Mensch, so viel Pläne nach unserer ersten gemeinsamen Nacht!"

Spricht´s und steht auf, um in der Schlafstube das Bett ordentlich zu richten. „Hast du eine zweite Decke und noch ein Kissen? Groß genug ist dein, nein unser Bett ja." „Meine liebe Mutter hat immer gehofft, dass ich mich doch noch von irgendeinem weiblichen Wesen zur Zweisamkeit bekehren lasse. Komm, jetzt wird mein langweiliges Solistenlager perfekt zu unserem behaglichen Liebesnest umgerüstet."

Als er zwei Türen seines riesigen Kleiderschranks öffnet, staunt Snjezana nicht schlecht. Säuberlich verpackt findet sich dort eine doppelt große Bettdecke, ein zweites Kissen gleich dem, das Ewald in Verwendung hat, und drei, nein, sogar vier funkelnagelneue, gewaschene und staubgeschützt gelagerte passende Garnituren. Gemeinsam macht das Herrichten des großen Bettes einschließlich Kissenschlacht eine Menge Spaß, zumal immer wieder herzhafte Kusspausen das Ganze garnieren. Schließlich setzen beide noch die Waschmaschine in Gang und beschäftigen sich dann mit der Frage, ob es Sinn macht, jetzt noch ein Mittagessen vorzubereiten, wo doch das Frühstück erst eine gute Stunde her ist. „Ich koche zwar für mein Leben gern, aber ich bin noch reichlich satt." „Nee, sag nur, du als Mann kochst gern? Ich übrigens auch, da haben wir neben der Musik noch ein gemeinsames Hobby - und jetzt gemeinsam keinen Hunger."

Der Umzug

So beschließen sie, das Auto anzuwerfen, zur Wohnung von Snjezanas Familie am anderen Ende der Stadt zu fahren und einen kleinen Umzug zu veranstalten. Im Auto stellt sie dann eine Frage, mit der sie schon lange beschäftigt ist: „Wie kommt das eigentlich, dass du mit deinen schwarzen Haaren und deiner ungewöhnlich bräunlichen Hautfarbe, die du ja auch im Winter behältst, so einen hier im Norden seltenen Menschentypen verkörperst, wie er oft in der Heimat meiner Eltern anzutreffen ist? Jetzt ist mir das noch mehr ein Rätsel. Das Foto auf deinem Schreibtisch zeigt doch deine Eltern, oder? Dein Vater hat zwar auch schwarze Haare, ist aber ein erheblich hellerer Typ als du. Und deine Mutter ist blond." „Warte bis nachher zu Hause, dann will ich dir die Geschichte meiner Adoption und meiner leiblichen Eltern genau erzählen." „Ach so, du bist ein Adoptivkind."

In der Wohnung ihrer Eltern packt sie drei große Umzugskartons mit ihren Sachen. „Wir sind erst vor einem guten halben Jahr hier eingezogen. Deshalb sind noch einige solcher leer geräumter Kartons vorhanden. Meine Eltern konnten da endlich das ganze Anwesen kaufen, in dem unten und im Anbau hinten ja unser Fitnessstudio ist." „Und du bist dir sicher, dass du bei mir bleiben willst?" „Mein ganzes Leben lang, ja."

Dann verstauen sie die Kartons in Ewalds Auto, wegen der Größe der Musikinstrumente ein praktischer Mittelklassekombi. Und schon ist der Umzug vorbereitet. Ein eigenes Schlagzeug besitzt sie nicht. Sie erzählt, dass sie immer in der Kreismusikschule übt, zweimal zwei Stunden pro Woche. Nun besteigt sie ihr Fahrrad, um es mit zu

Ewalds Haus zu bekommen, und er fährt allein mit dem vollgepackten Auto zurück.

Als Snjezana Ewalds Herkunft dann genau erklärt bekommen hat und beide zusammen die Inhalte der Umzugskartons in den großen Schränken seiner Wohnung untergebracht haben, holen sie die fertige Wäsche aus der Maschine und hängen sie auf die vorhandene Wäschespinne in die Sonne und den leichten Sommerwind. Anschließend setzen sie sich zusammen mit einer Tasse Tee auf die Sonnenterrasse und überlegen nun, wie die nächste Zeit zu organisieren sein wird.

Für Ewald ist es völlig ungewohnt, sich auf einen anderen Menschen einzustellen, aber er stellt verwundert fest, es macht ihm große Freude, das zu tun. Der Bericht über seine Herkunft legt es nahe, nun über eine Nachricht an seine Eltern und einen Besuch bei ihnen nachzudenken.

Er holt also sein Telefon aus dem Haus und ruft dort an. Das ist ohnehin etwa die Zeit, zu der er fast wöchentlich mit seiner Mutter oder seinem Vater ein bisschen plaudert, hört, was dort so geschehen ist, und kurz von sich berichtet. Diesmal ist sofort seine Mutter am Apparat. Als sie nachfragt, wie es ihm wohl geht, ist seine Antwort: „So, wie noch nie in meinem Leben. Ich bin plötzlich nicht mehr allein. Soeben ist eine junge Frau bei mir eingezogen, mit der ich und die mit mir zusammen bleiben will, unser ganzes Leben lang." „Das ist ja mal eine tolle Nachricht! Seit wann läuft das denn schon?" „Je nachdem, wie man das sehen möchte, entweder ein ganzes Jahr oder gut sechs Wochen oder noch nicht einmal 24 Stunden."

„Du mit deinen Orakelsprüchen! Wie soll denn sowas sein?" „Ganz einfach: Ein Jahr lang war Snjezana meine Schülerin und ich ihr

Klassenlehrer. Vor sechs Wochen sind wir zur Abschlussfahrt der Klasse unterwegs gewesen und haben uns rettungslos ineinander verliebt. Und gestern Abend ist uns das klar geworden, sie ist heute Nacht bei mir geblieben und eben gerade mit Sack und Pack hier eingezogen." „Ist das nicht ein bisschen überstürzt?" „Nein, das hat sowieso alles schon viel zu lange gedauert. Aber anders wäre das wohl auch nicht gegangen. Jetzt ist Snjezana raus aus der Schule, da gibt´s keine Probleme." „Der Name klingt fremd. Könnte aus einem Balkanland stammen." „Sehr gut, Mutter! Sie kommt aus Kroatien. Und wenn es Euch recht ist, besuchen wir Euch am kommenden Sonntag." „Das passt. Dann seid also zum Mittagessen hier. Du weißt ja, wann wir sonntags essen."

Die Probe am 13. Juni klappt wie erwartet ausgezeichnet. Ewald hat zu den beiden schwermütigen alten Volksliedern, die Marko gesanglich darbieten will, im Stil genau passende Zweitstimmen arrangiert und mit Snjezana zusammen, die diese Lieder seit Kindesbeinen kennt, zweistimmig eingeübt. Mit ihren beiden Stimmen klingt das wunderbar, und auch mit Marko gemeinsam bringt Ewalds zweite Stimme ein ganz besonderes Flair in diese alten Gesänge. Für Ewald ist zwar die Sprache der Liedtexte eine erhebliche Herausforderung gewesen, aber mit seinem Mädchen zusammen hat er die Aussprache schnell und korrekt gelernt. Und die ganze Musikergruppe kann es kaum fassen, dass sich ihr Ersatzgitarrist und die neue tüchtige Schlagzeugerin bereits zusammengefunden haben.

Ewalds Eltern

Die Fahrt zu Ewalds Eltern am Tag darauf gefällt den Beiden. Snjezana, die seit dem Umzug ihrer Eltern nach Norddeutschland über Cloppenburg nicht mehr hinaus gekommen ist, wo einige Zeit eine Verwandte ihrer Mutter gewohnt hat, bemerkt den mehrfachen Wechsel des Charakters der Landschaften viel deutlicher als Ewald. Für den ist dies eine Routinefahrt. In Bramsche geht's dann von der Autobahn herunter und ein Stück hinter Bohmte ins Wiehengebirge hinein. Dem Zauber dieses sich plötzlich erhebenden Mittelgebirges kann sich Snjezana nicht entziehen. Das Dorf, in dem Ewald aufgewachsen ist, liegt in einem gewundenen Tal inmitten dichter Mischwälder. Das Pfarrhaus neben der Kirche dürfte schon recht alt sein, ist aber sehr gepflegt und modernisiert.

Ewalds Vater sitzt erwartungsvoll im Halbschatten auf der Bank neben der Haustür. Sein sonntäglicher Dienst ist getan, und er hat sich bereits von seinen schwarzen Kleidungsstücken befreit. Schlichte Jeans und ein T-shirt betonen die stattliche und sichtlich noch ziemlich straffe Figur des knapp Sechzigjährigen recht vorteilhaft. Er möchte seiner vermutlich zukünftigen Schwiegertochter natürlich einen guten Eindruck machen. Ohne zu zögern, geht er ihr entgegen und nimmt sie in die Arme. „Willkommen, mein Kind. Die ganze nächste Generation nennt mich Hajo und Ewalds Mutter Bille. So kannst du das auch gerne mit uns halten." Schon kommt auch Ewalds Mutter die wenigen Stufen der Vortreppe herunter. Auch sie umarmt die Ankömmlinge herzlich. Dann hält sie Snjezana einen Augenblick lang ein Stück von sich weg, um sie sorgsam zu betrachten. „Kein Wunder, Junge, dass du so lange gebraucht hast, bis du eine

Partnerin gefunden hast. Um ein solches prächtiges Menschenkind zu finden, braucht man wirklich viel Geduld." Dann hakt sie sich bei beiden jungen Leuten ein. „Und nun kommt herein, das Essen ist gerade fertig geworden." Ewald zeigt seinem Mädchen nun das Bad, damit sie sich etwas frisch machen und beide ihre Hände waschen können. Anschließend geht's sofort zu Tisch. Das Menü, das Mutter Bille nach dem Tischgebet auffährt, ist hervorragend. Ewalds Kochkünste sind also kein Zufall sondern mütterliche Schule.

Vater Hajo möchte allerlei über Snjezanas Herkunft wissen. Das Alles hat die recht schnell erzählt. Wohl wissend, dass es Ewalds Familie besonders interessieren dürfte, berichtet sie schließlich, dass ihre Eltern den Übergang nach Deutschland dazu genutzt hätten, bei der Anmeldung der Familie zu verschweigen, dass sie konfessionslos gewesen seien. Vater Balko Kovacic habe für sie alle vier als Bekenntnis evangelisch-lutherisch angegeben, weil er erfahren hatte, das sei die meist verbreitete Konfession in dieser Gegend, in die sie nun gekommen seien. So seien ihr großer Bruder Luka und sie zum Religionsunterricht gegangen, konfirmiert worden und sogar beide einige Zeit in einer Jugendgruppe ihrer Kirchengemeinde aktiv gewesen. Das besonders Wundersame sei, ihre Mutter Rosana sei vor anderthalb Jahren in den Gemeindekirchenrat gewählt worden. Zwar seien ihre Eltern als Neugeborene römisch-katholisch getauft, aber schon als Kinder von ihren Eltern aus der Kirche genommen worden. Von dieser ungewöhnlichen Kirchenzugehörigkeit hat Ewald bisher keine Kenntnis gehabt, er hat nur aus dem Klassenbuch und Snjezanas Schulakte gewusst, dass sie evangelisch-lutherisch ist.

„Und wie sind nun das Fräulein Kovacic und der Herr Dohmen so plötzlich zusammen gekommen?" Hajo kann sich das alles nicht so ganz erklären. Er begreift aber aus Ewalds Berichterstattung sehr schnell, dass es den Beiden durchaus ernst ist mit dem Willen, beieinander zu bleiben. Da passt so Vieles wunderbar zusammen. Und dass letztlich die Initiative von diesem wunderhübschen brünetten jungen Menschenkind ausgegangen ist, wundert weder ihn noch seine Frau. Dazu kennen sie ihren vorsichtigen bisherigen Junggesellen viel zu gut. Ruths Mann Christoph hatte häufig treffsicher gescherzt: „Wenn Ewald in die Nähe einer Frau kommt, die sich für ihn interessiert, schaut er immer zuerst nach dem Notausgang." Snjezana hat diesen wohl vorsichtshalber sicher verschlossen, bevor sie Ernst gemacht hat mit ihrer Liebe. Hajo ist über diese seine Gedanken reichlich verwundert.

Der Wettbewerb

Marko hat am 20. Juni bei der Fahrt nach Bremen große Sorgen. Die Auftritte beim Wettbewerb werden nicht ganz so ablaufen wie geplant. Er selbst hat sich nämlich erkältet und ist stockheiser. Wie soll er da singen? Ewald kann ihn beruhigen. „Lass einfach Snjezana die Melodie übernehmen, wir beide haben so viel miteinander geübt, da kann eigentlich nichts schief gehen." Marko nickt dankbar, es bleibt ihm ja auch nichts Anderes übrig. Jeweils nacheinander spielen die sieben teilnehmenden Gruppen immer nur einen Titel. Dann folgt der nächste Durchlauf. Und das Ganze wiederholt sich sechs Mal. In den dritten Durchlauf hat Marko den ersten Titel mit Gesang gemeldet, zwei der Konkurrenten ebenfalls. Aber keine Gruppe hat das zweistimmig, und erst recht keine mit einer hellen Frauenstimme. Als dann im letzten

Durchlauf die Band Markos auch noch ein zweites Lied dieser Art anbietet, zeigen sich in der fünfköpfigen Jury bereits Anzeichen erster Begeisterung. Schließlich gibt es zwei erste Plätze und einen dritten. Markos Band und eine zweite professionelle teilen sich den Sieg. Zur Heimfahrt muss dann Franjo ans Steuer des gemieteten Kleinbusses. Marko ist viel zu aufgewühlt vor Glück, um ordentlich fahren zu können. Gut, das Franjo zur Sicherheit als zweiter Fahrer im Mietvertrag steht.

Von Markos Restaurant bis zu Ewalds Haus sitzt dann Snjezana am Steuer seines Kombis. Er und die anderen Männer haben bei dem glücklichen heiseren Sieger doch noch einige Schnäpse trinken müssen. Sie hat sich mit Blick auf die Heimfahrt standhaft geweigert, Alkohol zu trinken. Wer hätte sie denn abholen sollen? Luka ist nämlich mit Merle zu deren Großeltern nach Emden gefahren. Um

Ewalds Atem zu ertragen, trinkt sie dann zu Hause vor dem Schlafengehen noch ein Gläschen Scotch. Sie ist ja selbst auch noch ziemlich aufgewühlt. Am nächsten Morgen dann wird beiden erst so richtig bewusst, was alles in diesen zwei Wochen geschehen ist, seit sie sich endgültig gefunden haben.

Snjezana hat bereits vor einigen Tagen ihrem Vater eine lange WhatsApp-Nachricht auf sein Handy geschickt, um ihn und ihre Mutter von ihrer plötzlich veränderten Lebenssituation in Kenntnis zu setzen. Sehr erstaunt scheinen die nicht. Ihr Vater schreibt zurück: „Das haben wir so ähnlich erwartet. Sind auf Deinen Ewald sehr gespannt. Kennen ihn ja nur von einem Elterngespräch in der Schule."

Jetzt haben also auch für Ewald die Sommerferien begonnen. Es gilt nun gemeinsam zu überlegen, was alles wohl für die zwei Reisewochen vorzubereiten ist. Schon unter der Dusche fangen sie an, die ersten Pläne zu machen. Zum Frühstück holt dann Ewald einen großen Block und einen Bleistift auf den Tisch, und nun geht es ernsthaft an eine Liste, woran sie denken müssen. Schließlich bekommen sie schon am übernächsten Vormittag das gemietete Fahrzeug. An diesem Sonntag wird aber noch einmal so richtig ausgiebig miteinander gekocht. Die notwendigen Zutaten hat Snjezana am Vortag schon in der Frühe besorgt. Draußen regnet es gerade wieder kräftig, so setzen sie sich nicht auf die Terrasse, obwohl die ein Schutzdach hat. Es ist auch zu kühl. Dann fangen sie allmählich an, ihre Vorbereitungsliste abzuarbeiten.

Das Mobil, das Ewald schon im März für sich hat finden können, steht 18 km weit weg. Der Vermieter hat vier fast fabrikneue Mietfahrzeuge. Das kompakteste hat keinen Aufbau auf einem

Fahrgestell mit Führerhaus, sondern ist ein ausgebauter Transporter mit erhöhtem Dach. Da er selbst 1,78 Meter groß ist, hat sich Ewald auf dessen Innenhöhe von 1,75 Metern einlassen können. Die Fahrzeuglänge mit knapp sechs Metern ist handlich. Durch ein Querbett im Heck, davor rechts Küchenblock und Ausgang durch die Schiebetür, links einen geschickt auch als Duschkabine nutzbaren Toilettenraum und davor eine „Halbdinette", die durch die Drehung der Vordersitze zu einer recht bequemen Sitzgruppe wird, ist alles äußerst üppig für einen reisenden Single. Und nun wunderbar geeignet für das reiselustige Paar.

Am 23. Juni holen sie sich dann am frühen Vormittag den Wagen vors Haus. Es ist zwar reichlich wolkig, aber wenigstens trocken und immerhin gegen zehn Uhr schon zwanzig Grad warm. Angesichts der Vorhersage für Frankfurt, die siebenundzwanzig Grad und ein bisschen Regen meldet, haben beide sich schon in Shorts und leichte Shirts gekleidet. Ewald findet – und sagt es ihr auch –, Snjezana sieht darin zum Anbeißen aus. Gepackt ist schnell, noch einmal das ganze Haus durchgesehen, und schon sind die Beiden mit ihrem weinroten Mietmobil auf der Piste.

Die Hinreise

Ewald hat schon im Frühjahr ausgerechnet, dass sein Ziel Südtirol in zwei Tagesetappen zu erreichen sein müsste. So hat er sich bei der Familie Lechner, mit denen sich seine Eltern schon vor fünfundzwanzig Jahren angefreundet haben, ab dem Abend des 24. Juni eine Möglichkeit erbeten, neben dem Scheunentor ihres Bergbauernhofes auf der ungewöhnlich breiten Zufahrtsrampe sein „Basisquartier" einzurichten, fast dreizehnhundert Meter über dem Meeresspiegel.. Dass es dort einen Stromanschluss gibt, weiß er. Oft genug hat er vor Jahren mit seinen Eltern und Geschwistern dort im großen Familienwohnwagen den Jahresurlaub seines Vaters verbracht. Seine Eltern mochten nicht auf in der Saison proppenvollen Campingplätzen Quartier nehmen, und Oswald und Barbara Lechner waren ganz zufrieden, immer einmal wieder einen kleinen Nebenverdienst durch die Überlassung dieses schönen Platzes am Rand der Rampe zu erhalten. Nun sind es ihr Sohn Paul und seine junge Frau Selma, die sich mit Pauls Eltern auf das Wiedersehen mit Pauls Kinderfreund Ewald freuen – und keine Ahnung haben, dass er nicht alleine kommen wird.

Da er sich am Steuer mit Snjezana abwechseln kann, will er versuchen, bis ins Allgäu zu kommen. Aus dem neu gekauften Stellplatzführer hat er sich entlang der südlichen A 7 drei möglichst ruhig gelegene einfache Übernachtungsplätze heraus gesucht. Einer dürfte in etwa sechs Fahrstunden erreichbar sein, der zweite in etwa sieben und der dritte im Allgäu in gut acht. Auf der A 1 und der A 45 läuft der Verkehr trotz einiger langer Baustellen in Nordrhein-Westfalen und Hessen erstaunlich flüssig. Snjezana, die auf einer Raststätte im

Sauerland nach einer kleinen Mahlzeit das Steuer übernimmt, ist durchaus erstaunt, dass sich der große Wagen fast wie ein PKW fährt. Er ist stark motorisiert, liegt auch bei Geschwindigkeiten von etwa 130 Stundenkilometern trotz seiner Höhe ruhig auf der Bahn und bietet eine überraschend bequeme Sitzposition. Für sie mit ihrer erst siebenmonatigen Fahrpraxis im PKW ihrer Familie ist das recht angenehm.

Ewald genießt es, nun einige Zeit den Mitfahrer zu spielen. Sein Schatz fährt umsichtig und sicher, so fühlt er sich sofort auch auf dem Beifahrersitz pudelwohl. Unter diesen Bedingungen kann er den Ausblick auf die wechselvolle Landschaft genießen, zumal die seltenen kleinen Regenschauer eher angenehm als lästig sind. Noch mehr aber genießt er den Anblick seiner geliebten Fahrerin, die in ihren knappen Shorts und dem schicken knallroten Shirt eine außerordentlich anziehende Ausstrahlung hat. Auf der A 3 irgendwo im Spessart fährt sie einen Parkplatz an. „Fährst du jetzt weiter, Liebster? Ich krabbel nun erst mal auf unsere Toilette." Schon zu Hause haben sie vereinbart, möglichst öffentliche Toiletten zu meiden. Wozu hat man ein autonomes Fahrzeug mit Wasservorrat, Toilette, Dusche und Schmutzwassertanks?

Durch mitgenommene Vorräte ist eine kleine Zwischenmahlzeit schnell erledigt, und weiter geht´s Richtung Süden. Auf diese Weise schaffen sie es tatsächlich ohne große Anstrengung bis ins Allgäu. Mit Hilfe des fest im Mobil eingebauten Navigationsgerätes finden sie schließlich auch problemlos über hübsche Nebensträßchen den waldnahen Stellplatz gegenüber dem Seepark Schwaltenweiher. Als sie das Fahrzeug schön gerade im Schatten am Waldrand abgestellt haben, bisher ist nur noch ein einziges riesiges Reisemobil da, schließen sie ihr weinrotes rollendes Häuschen ab und gehen hinüber in das Restaurant am Weiher, wo sie ihre Gebühr für die Übernachtung entrichten und dann genussvoll auf der Terrasse nicht nur zu Abend essen, sondern auch noch eine ganze Stunde länger sitzen bleiben. Ein gutes Bier lässt den Reisetag behaglich ausklingen. Dass schließlich im Wagen Ewald auch die wenigen Kleidungsstücke seiner Schönen für überflüssig hält und schleunigst mit ihr das Kuschelbett einweiht, nimmt nach diesem entspannten Tag nicht wunder.

Die Fahrt am nächsten Tag führt über zahlreiche Serpentinen an Reutte vorbei zur Inntalautobahn. Snjezana möchte sich der Herausforderung dieser Gebirgsstrecke stellen und beweist sich und ihrem Liebsten, dass sie dieser Aufgabe ebenso gewachsen ist, wie der Autobahnfahrt. Sie ist aber dann froh, dass Ewald ab dem erstbesten Parkplatz der Inntalautobahn wieder das Steuer übernimmt. Eingedenk schöner Kindheitserinnerungen verlässt er hinter Innsbruck die Brennerautobahn und fährt über die alte Brennerstraße Richtung Brennerpass. Snjezana ist tief beeindruckt von dieser Bergwelt und bestaunt schließlich von unten das imposante Bauwerk der Europabrücke, deren Vollendung den Gesamtbau dieser Autobahn erst ermöglichte. Sie ist 815 Meter lang, und mit 190 Metern Höhe heute die vierthöchste Brücke Europas. Bei ihrem Bau zwischen 1959 und 1963 verunglückten insgesamt zweiundzwanzig Arbeiter tödlich. Heute ist der Brennerpass die wohl hässlichste Engstelle zwischen Österreich und Italien. Straße, Autobahn und Eisenbahn zwängen sich neben- und übereinander hindurch. Aber direkt südlich davon beginnt eine völlig andere Welt, Europas traumhafter Süden.

Snjezana kennt hohe Gebirge nur vom östlichen Ende der Alpen her, mit ihrer Familie war sie viermal in Kroatien, und nur einmal davon mit dem Auto und nicht der Bahn. Jetzt erkennt sie die Pflanzenwelt des Südens, die hier im Eisacktal schon deutlich überwiegt. Und als Ewald dann vor Brixen die Brennerstraße verlässt und Richtung Bruneck in das Pustertal einbiegt, sehen auch die Kiefern ganz anders aus als bisher in Österreich. Nun ist Ewald in noch vertrauterem Gebiet. Er verlässt die Pustertalstraße zwischen zwei alten Bäumen und fährt eine sich in heftiger Steigung windende Straße aufwärts. Erst durch einen Wald und dann über einen kurzen, von Kühen beweideten Höhenrücken in ein Dorf mit einem hohen spitzen Kirchturm hinein. Direkt vom Kirchplatz geht es dann noch einmal ordentlich bergauf. Schließlich biegt der schmale Schotterweg in steiler Kehre um eine haushohe Felsnase herum, und unvermittelt öffnet sich ein kleines Plateau mit einem traumhaften Ausblick auf ein riesiges Gebirgspanorama. „Das sind die Dolomiten." Auf dem Plateau steht unmittelbar am nächsten Hang ein gepflegtes riesiges Bergbauernhaus. „Und das ist der ,Felsenhof' der Familie Lechner."

Noch bevor Ewald vor dem Eingang den Motor abgestellt hat, öffnet sich die Tür, und heraus kommt eine gut Fünfzigjährige mit dem vergnügten Ausruf: „Da ischt er schon, unser Ewald!" Dann stutzt sie, bleibt stehen und beobachtet gespannt, dass da nicht nur dieser „ihr" Ewald aus dem Mobil gestiegen kommt, sondern auch noch vom Beifahrersitz die ansehnliche Snjezana. „Hat dich endlich eine bekehrt?" Barbara Lechner strahlt. „Herzlich willkommen, alle Beide! Oswald ischt auf der Halde beim Vieh, der kimmt gleich. Und die Jungen sein hinten bei der Scheune. Fahr grad auf die Rampe." Also steigen beide wieder ein, und Ewald umrundet das riesige Blockhaus. Direkt am Scheunentor sitzt eine junge Frau im Schatten auf einem Melkhocker und stillt ihr Kind. Und ein Mann in etwa Ewalds Alter hat gerade die eine Seite der Rampe mit der Sense gemäht und schafft das liegende Gras mit einem Holzrechen zusammen.

Elegant winkt er – Ewald sagt „Das ist Paul" – das Mobil ganz hart an die Kante und rückwärts bis vor die Scheunenwand. Würde Ewald aus der Fahrertür steigen, ginge es sofort mehr als zwei Meter in die Tiefe. Also verlässt er den Wagen durch die Schiebetür, die er gleich offen lässt. Snjezana folgt ihm auf diesem Weg. Das verdutzte Gesicht Pauls, der ja auch nur mit dem Freund allein gerechnet hat, ist zum fotografieren drollig. Also stellt Ewald sein Mädchen erst einmal vor. Dann dreht er sich zu Pauls Frau um, die gerade mit dem Stillen fertig ist und ihr Kind sorgfältig in den Kinderwagen packt. „Dachte ich´s mir doch. Als meine Mutter sagte, Paul hat eine Frau namens Selma, fiel mir sofort die kleine Süße vom ‚Gattererhof‘ ein. Du kamst als kleines Mädchen immer allein über den Fuchskamm und hast uns beim Musizieren zugehört, getanzt und gesungen. Du bist aber noch ganz schön jung. Wenn ich richtig rechne, bist du gerade einmal achtzehn Jahre alt. Und schon Mutter.“ Die beiden jungen Leute lachen. „Das stimmt scho. Als die Martha geboren ischt, war i grad siebzehn Jahr und acht Monat.“

Nachdem nun Ewald und Snjezana berichtet haben, wie kurz erst ihre Gemeinsamkeit dauert, kommt Barbara durch die Scheune: „Heut seid ihr unsere Gäschte.“ Ewald und Paul sorgen nun für den Stromanschluss und der junge Hausherr zeigt dann stolz einen ziemlich neuen Wasserhahn an der

Scheunenwand und einen darunter liegenden Bodeneinlass, in den der Toilettentank entleert werden kann, wenn er denn mit „grüner" Zersetzungshilfe bestückt ist. Das passt bestens. Es gibt also auch noch andere Urlauber, die mit ihren Wohnfahrzeugen hier Station machen. Paul meint: „Mit der Familie Dohmen hat alles angefangen, und im September wollen auch deine Eltern wieder kommen. Die haben ja keinen eigenen Wohnwagen mehr, wollen aber einen kleinen mieten."

Südtirol

Beim Abendessen im Haus ist dann Oswald auch dabei. Es gibt viel hin und her zu erzählen. Snjezana und Ewald sind verblüfft, wie gut Selma die südtiroler Mundart durch fast korrektes Hochdeutsch ersetzen kann. Nur das typische „r" kann sie nicht vermeiden. Als Ewald sie fragt, woher das kommt, sie habe als Kind doch kein bisschen Hochdeutsch zu sprechen vermocht, lacht sie. „Ich war halt mit fünfzehn ein ganzes Jahr lang in Kassel als Austauschschülerin. Mein Papa ist schließlich nicht nur der größte Bauer hier, ihm und meinem Bruder gehören auch die beiden Schilifte."

Dann wundert sich Ewald, dass Paul, der ja sogar ein Jahr älter ist als er, auch erst so spät an eine Frau gekommen ist. Barbara mischt sich ein. „Er wollt´ halt eigentlich gar keine. Grad wie du." „Ja, und wie kam das dann mit Selma?" Die lacht wieder. „Das hab ich eingefädelt. Vater Oswald und der reiche Dorfwirt, der Anton Pichler, haben besprochen, sie wollten die Pichler-Edith und den Paul zusammenschaffen. Das hab ich zufällig mitbekommen, ich hab immer mal beim Pichler serviert. Das war kurz vor meinem siebzehnten Geburtstag. Dabei hat der Anton einen Plan gehabt, wie er den Paul austricksen wollte. Das war sogar dem Oswald nicht ganz recht.

Am Abend im Bett hab ich mir überlegt, dem muss ich zuvor kommen. Ich hab den Paul doch immer schon lieb. Ich hab gewusst, dass der gerne sonntags nachmittags alleine in die Klamm gewandert ist, wie früher wir Kinder alle gemeinsam. Die heutigen machen das nimmer, die haben ihre Handys. Da bin ich ihm am nächsten heißen Sonntag nach, schauen, was er da so treibt. Ihr glaubt es nicht. Der hat sich splitternackt ausgezogen und ist unter den Wasserfall baden gegangen. Ha, hab ich gedacht, Freund, dich krieg ich. Also bin ich heran geschlichen an seinen Kleiderhaufen, hab mich auch ausgezogen und kurz in der Bachlagune gebadet. Dann hab ich mich ins Moos neben unsere Kleider in die Sonne gelegt und gewartet. Lang hat´s nicht gedauert, bis er kam. Nass wie er war, wusste er gleich, was ich wollte. Ihr habt die Martha ja gesehen, die ist dabei ganz gut gelungen. Dann war klar, gleich heiraten. Und die Edith hat sich bei mir bedankt. Die hatte schon einen Freund in Brixen, von dem ihr Vater noch nichts wusste."

Oswald macht ein zerknirschtes Gesicht. „Fascht hätt´n mir die bescht Schwiegertochter der Welt verlorn. Und ich wär mit schuld gewesen." Unter fröhlichem Gelächter geht die Mahlzeit mit dem traditionellen südtiroler Speck zu Ende. Selma ist neugierig. Sie will nun wissen, wie alt Snjezana ist.

„Achtzehn, genau wie du. Ein halbes Jahr wohl älter." Oswald nickt bedächtig. „Auch schön jung. Das Warten hat sich bei euch beiden alten Junggesellen echt gelohnt."

Am nächsten Morgen ist das Wetter herrlich. Ewald fährt die Markise aus und baut darunter die Campingstühle und den kleinen Tisch neben dem Mobil auf, das Frühstück findet dann mit Panoramablick auf die Dolomiten statt. Von der Rampe aus kann man tatsächlich die gesamte Ausdehnung vom Haunold im Osten bis zum Schlern im Westen überblicken. Und über den Felsgipfeln in der Mitte strahlt der Gletscher der Marmolata. Aber Ewald ist doch recht erschüttert, wie viele dunkle Flecken dieser jetzt aufweist. Allmählich schmilzt er wohl ab, und ein Fels nach dem anderen lugt hervor.

Am ersten Tag will er nur eine Wanderung im Nahbereich durchführen, damit sich zuerst der Organismus an die Höhenluft gewöhnt. Zuvor wird ein bisschen aufgeräumt und alle offene Haut ordentlich mit Sonnenschutzöl behandelt. In den nächsten Tagen dann kommen alle wichtigen Ausflugsziele ins Programm. Der Misurinasee und Cortina, der Pragser Wildsee, eine Dreipässefahrt, eine weitere zur Seiseralm und allerlei Stadtbesuche. Snjezana ist recht beeindruckt von der Vielfalt und Schönheit dieses wunderbaren Landes. Abends kommen oft die jungen Lechners, mal mit, mal ohne Martha. Da gibt es fröhliche Gespräche. Besonders Selma ist eine heitere Person. Sie und Snjezana haben sich viel zu erzählen. Und die beiden Männer tauschen Kindheitserinnerungen aus.

Außerdem wird kräftig musiziert. Ewald hat seine Gitarre mitgebracht. Paul spielt beachtlich virtuos die steyrische Ziehharmonika. Snjezana bekommt eine große leere Kunststofftonne, in der Kraftfutter geliefert worden war, als Trommel. Und Selma hat eine Singstimme, die so mancher Profisängerin Ehre machen würde.

Eine unerwartete Herausforderung für Ewald wird die Dreipässefahrt. Auf dem Pordoijoch sieht Snjezana die Seilbahn, die auf den hohen Felsen „Sass Pordoi" mit dem berühmten Ausblick führt. Sofort möchte sie dort hinauf. Ewald jedoch waren solche frei gespannten Seilbahnen – ohne jede Zwischenstütze – immer eher verdächtig. Aber was hilft gegen den festen Willen deines Weibes? Tapfer zahlt er und steigt mit in die Gondel. Und siehe da, recht schnell verfliegt das bange Gefühl; er kann mit seinem höhengewohnten Mädchen die Sache richtig genießen. Und der atemberaubende Ausblick entschädigt für unruhige Minuten. Traurig finden beide bestätigt, dass aus dem nun recht nahe überschaubaren Gletscher der Marmolata drüben tatsächlich große Felsenflecken blankgeschmolzen sind.

Die Fahrt nach Meran bildet dann den erholsamen Abschluss der schönen Tage in Südtirol. Sie flanieren auf dem herrlichen Kurweg entlang der Passer, vertilgen riesige Eisportionen und fahren dann zur letzten Nacht am Felsenhof wieder hinauf. Wie am ersten Tag dort sind sie abends wieder bei Lechners geladene Gäste. Zu sechst sitzen sie am rustikalen Tisch auf der hölzernen Terrasse vor der Haustür und genießen südtiroler Spezialitäten mit einem hervorragenden Wein vom Kalterer See, den Ewald bei einer Pause dort direkt beim Winzer erstanden hat. Paul meint schmunzelnd, Ewald sei jetzt im ersten Lehrjahr der Zweisamkeit, er aber schon seit Kurzem im zweiten. Und er fragt Snjezana: „Wie also macht nun der sich?" „Außerordentlich lernfähig. Aber von wegen Jahr. Da ist gerade erst ein Monat rum." Als es dann dämmert, löst sich die gemütliche Gesellschaft fröhlich auf.

Die Rückreise

Für die tags darauf beginnende Heimfahrt hat Ewald seine frühere Planung etwas verändert. Ursprünglich wollte er versuchen, auf schnellstem Weg nach Hause zu kommen. Nun aber möchte er Snjezana noch eine letzte wieder andersartige Gebirgslandschaft zeigen. Das werden dann zwei stramme Tagestouren, die zweite durch Deutschland aber bis auf ganz wenige Kilometer vollständig über Autobahnen. Deswegen machen sie sich auch am Morgen des 4. Juli schon rechtzeitig auf den Weg. Weil das ein Samstag ist, vermutet Ewald stärkeren Verkehr über die geplante Pässeroute. Doch es bleibt verblüffend erträglich.

In Sterzing verlässt er die Brennerstraße und begibt sich auf die Jaufenstraße Richtung Meran. Da will er aber nicht hin, sondern schwenkt schon in St. Leonhard im Passeiertal rechts ab auf die schmale

Passstraße zum Timmelsjoch hinauf, die auf fast 2.500 Höhenmetern durch einen urigen kurzen Felsentunnel ins österreichische Ötztal führt. Diese Passstraße zu fahren ist schon eine kräftige Herausforderung. Sie ist so schmal, dass jede Fahrzeugbegegnung nur bei den entsprechenden Ausweichstellen möglich ist. Die talwärts fahrenden Fahrzeuge müssen warten. Wenn das jeder Fahrer auch ordentlich beherzigen würde, wäre die Aufwärtsfahrt trotz Allem recht zügig möglich. Viermal aber müssen Entgegenkommende und zweimal muss sogar Ewald zurückstoßen, um eine solche Begegnungsbucht zu erreichen. Lauter deutsche Urlauber aus Großstädten, die mit den Gebirgsregeln ziemlich überfordert sind.

In Obergurgl im Ötztal weiß Ewald eine Jausenstation, in der er sich nun mit seinem Mädchen statt eines späteren Mittagessens ein herzhaftes Frühstück gönnt. Die erheblich breitere perfekt ausgebaute Ötztalstraße bringt er anschließend recht flott hinter sich. Recht nahe an der Zugspitze vorbei erreichen sie Garmisch-Partenkirchen und legen dort ein Stündchen Tank- und Besichtigungspause mit einer ordentlichen Eisportion ein. Snjezana fährt dann über die A 95 Richtung München und unter Mithilfe des Navigationsgerätes auf einer Art Ringführung um die Großstadt herum bis auf die A 9 und weiter Richtung Nürnberg.

Das Gerät leitet sie danach zielsicher einige Kilometer in die Oberpfalz und zum Campingplatz bei der Ortschaft Berg, der einen separaten Platz für Wohnmobile vorhält. Während sie vor dem Mobil zu Abend essen, meldet Snjezanas Handy eine WhatsApp-Nachricht. Nachdem sie die kurz gelesen hat, beginnt sie zu lachen. „Hör mal zu, Schatz.

Mama schreibt: ‚Wir kommen nicht wie geplant am Mittwoch zurück sondern schon morgen. Sind flott vorangekommen. Übernachten heute in einem kleinen Hotel etwas abseits der A 3 in Berg, ganz nahe bei Nürnberg.' Ist das ein seltsamer Zufall!"

Sie schreibt sofort zurück. „Wie heißt das Hotel? Ewald kennt sich dort aus und ist neugierig." „Das Hotel heißt Lindenhof und ist recht hübsch. War er da schon mal?" „Ja, in Berg, sogar noch gar nicht so lange her. Also guten Appetit fürs Abendessen und gute Nachtruhe." Ewald hat sich inzwischen auf dem Handy einen Fußweg zu diesem Hotel gesucht, das ist noch nicht einmal ein Kilometer Entfernung. Also schnell abgeräumt, Stühle und Tisch eingepackt, Wohnmobil verschlossen, und schon spaziert das junge Glück Hand in Hand ins Dorf hinein. Der Lindenhof ist nicht zu verpassen. Auf der Terrasse entdeckt Snjezana sofort ihre

Eltern. Die schauen gespannt einigen Gänsen zu, die in der Nähe herumrennen.

„Guten Abend, ihr Beiden. Toll, dass auch ihr morgen nach Hause kommt." Rosana und Balko Kovacic fahren erschreckt herum. Und sind beide einen Augenblick sprachlos. Doch dann ist die Begrüßung umso herzlicher. „Und du bist uns vor einem Jahr als sehr wohlerzogener Lehrer erschienen. Jetzt stellt sich heraus, du kannst die Finger nicht von deinen Schülerinnen lassen." Snjezanas Vater schmunzelt. Sein Spruch bestätigt Ewald, dass die recht hatte, als sie ihn vorwarnte. „Einige Sprüche wirst du zu hören bekommen. So überspielt mein Vater nämlich seine Rührung immer." Dann sitzen die beiden Generationen noch lange bei einem guten Frankenwein beieinander und Kovacics beschnuppern sorgfältig den schwarzhaarigen Herrn, der auf dem besten Weg zu sein scheint, ihr Schwiegersohn zu werden. Beiden gefällt er durchaus.

Nach ruhiger Nacht ist dann die gemeinsame Reise über die A 3, die A 7, die A 27 und schließlich noch ein Stück über Land recht gelassen zu bewältigen, zumal es ja Sonntag ist, kaum LKWs unterwegs sind und extra für den Ferienverkehr die Zahl der Baustellen verringert wurde. Mit dem Wagen der Eltern im Rückspiegel wird das eine ganz lustige Fahrt. Mit zwei gemütlichen Pausen, die eine davon mit einer ordentlichen Mittagsmahlzeit in der Gaststätte eines Autohofes, sind sie nach noch nicht einmal acht Stunden wieder daheim. Da das Haus der Eltern fast am Weg zu Ewalds Wohnhaus liegt, machen alle dort noch für eine Tasse Kaffee Station. Aufgrund einer WhatsApp-Nachricht haben Luka und seine Freundin Merle zudem für einige

Stücke Kuchen gesorgt und schon einige Zeit gewartet.

Der große Briefkasten vor dem Haus am Kiebitzweg ist mit einigen Briefen gefüllt, die aber alle nichts terminlich Wichtiges enthalten. Zwei sind an Snjezana adressiert, also hat sich die Ummeldung bei der Stadt, die sie direkt am Tag nach ihrem Umzug vorgenommen hat, schon mancherorts ausgewirkt. Das einzig wirklich Dringende ist wohl ein Blatt Papier mit einer handschriftlichen Nachricht, die ganz offensichtlich von Frauenhand mit einem ziemlich breiten Zimmermannsbleistift schwungvoll geschrieben wurde. „Ruft uns bitte sofort an, wenn Ihr wieder da seid. Annika und Stefan." Und dann zwei Handynummern. Das ist von Annika Berg und ihrem Verlobten Stefan Brook, dem Zimmermann.

Während also Ewald ohne große Schwierigkeiten wieder alles aus dem Fahrzeug räumt, was ihr Eigentum ist, wählt Snjezana Annikas Nummer. „Was gibt´s so Wichtiges?" „Kann ich dir schlecht am Telefon erklären. Könnten wir noch heute Abend bei euch rumkommen? Wir sind ein Wenig unter Zeitdruck. Oder seid ihr zu erschöpft?" „Ach was, die Tour heute war regelrecht gemütlich. Dann kommt um neunzehn Uhr. Passt das?" „Ja, prima. Also bis dann."

Mischgebiete

So gibt es wenigsten einen Grund, die Dinge ordentlich wegzuräumen, die Ewald ins Haus getragen hat, und gleich auch für die doch immerhin ganz kräftige Menge Wäsche die Waschmaschine anzuwerfen. Er geht dann in die Vorratskammer, um zu schauen, ob da noch einige Flaschen Bier zu finden wären. Wenn nicht, gedenkt er die nächste Flasche Kalterer Wein zu öffnen. Und so wird das dann auch.

Pünktlich um neunzehn Uhr fährt Stefans blaues Firmenauto der Zimmerei Bultmann in die Einfahrt. Nach kurzer Begrüßung und Berichterstattung von der Reise kommen die Gäste dann zum Anlass ihres Wunsches, mit Snjezana und Ewald zu sprechen. Stefan holt ein vorbereitetes Schreiben und einige andere Schriftstücke aus einer mitgebrachten Aktentasche. „Ich habe hier eine

Anfrage des Stadtrates an alle Betroffenen und möglichen Interessenten für eine sogenannte ‚Umwidmung' des Gewerbegebiets ‚Kiebitzmoor West', in welchem am Kiebitzweg bisher nur auf der Seite mit den ungeraden Hausnummern erstens die Tankstelle mit der Waschanlage und dem Wohnhaus Nummer 1 der Familie Schmidt, zweitens ohne Wohnhaus das Schnellrestaurant Nummer 3, das Knut Herbst gepachtet hat, mit seinen Parkplätzen und drittens die Zimmerei Bultmann Nummer 5 mit den beiden Wohnhäusern links und rechts von der Gewerbehalle angesiedelt sind.

Du, Ewald, hast, wie ich erfahren konnte aus Versehen, die Hausnummer 7 anstatt der korrekten 5a, als ob das Hausgrundstück rechtlich eigenständig wäre. Du weißt, das ist es ja überhaupt nicht. Nun kam am frühen

Donnerstagmorgen Lutz Stratmann, der jüngste Ratsherr, zu Henning Bultmann ins Büro und fragte, ob er sich vorstellen könne, dass hier dieses euer kleines Gewerbegebiet zu einem ‚Mischgebiet' umgewidmet wird. Der wollte natürlich wissen, was das bedeutet, und warum das geändert werden solle. Lutz, der mit mir zur Schule gegangen ist, muss ihm dann wohl eine richtige Predigt gehalten haben. Was das für eine Bedeutung hat, steht aber auch hier drauf. Ich lese mal vor:

‚Ein Mischgebiet ist im deutschen Baurecht ein Baugebiet, das nach der Baunutzungsverordnung (§ 6 BauNVO) sowohl der Unterbringung von solchen Gewerbebetrieben, die das Wohnen nicht wesentlich stören, als auch dem Wohnen dient. In einem Mischgebiet stehen die beiden Nutzungsarten Wohnen und Unterbringung von Gewerbebetrieben gleichberechtigt nebeneinander.

Dabei ist die Einschränkung zu beachten, dass die Gewerbebetriebe das Wohnen nicht wesentlich stören dürfen. Der Charakter eines Mischgebiets liegt in der Nutzungsmischung. Demnach darf in einem Mischgebiet insgesamt keine der beiden gleichberechtigten Hauptnutzungsarten optisch dominieren, es dürfen aber Teilbereiche durch eine der beiden Hauptnutzungen geprägt sein. Die mit einer solchen Nutzungsmischung einhergehende wechselseitige Rücksichtnahme gilt im gesamten Geltungsbereich und damit auch in den Teilbereichen, in denen gewerbliche Nutzungen überwiegen.'

Und warum Lutz daran Interesse hat, wurde Henning schnell klar. Er möchte ein Wohnhaus bauen und findet in der Stadt kein brauchbares Grundstück. Dann ist ihm aufgefallen, dass hier im Kiebitzweg die Grundstücke rechts – die mit den geraden Hausnummern – vermutlich deshalb nicht gewerblich bebaut sind, weil die hintere Grenze durch den Zuggraben zu nah an der Straße ist. Es sind also wohl alle diese vier Grundstücke für Betriebsansiedlungen uninteressant, weil sie nicht tief genug sind. Außerdem stehen jenseits des Zuggrabens ohnehin nur neue Wohnhäuser.

Nun ist er mit dem Vorschlag, das Gebiet umzuwidmen, zuerst einmal in den Bauausschuss. Die wären erstaunlicher Weise alle dafür, wenn Anlieger und mögliche Bauinteressenten mitspielen. Deshalb habe ich in der Tasche eine gemeinsame Erklärung; die müssten zuerst alle Betroffenen unterschreiben. Dann würde die Empfehlung des Bauausschusses, der morgen Abend tagt, am Donnerstag im Stadtrat zum Beschluss werden können.

Die Unternehmer Thorsten Schmidt, Knut Herbst und auch Henning und Florian Bultmann, die ja gemeinsam Firmeninhaber sind, haben sofort unterschrieben. Außerdem als Bauwillige für die andere Straßenseite Lutz und seine Frau, deren Schwester mit ihrem Mann, der Chef des städtischen Sozialamtes mit Gattin und wir. Florian hat uns vorgeschlagen, hierher zu bauen. Jetzt fehlst nur noch du, Ewald; oder jetzt besser gesagt: ihr beide fehlt noch. Henning und Florian behaupten nämlich steif und fest, du hättest, wenn´s gegangen wäre, schon längst gekauft." Ewald schaut Snjezana tief in die Augen: „Gefällt dir das hier draußen so gut, dass wir bleiben sollten?" Sie nickt. Dann kommt, für ihn völlig unerwartet: „Das ist doch ein Paradies für unsere Kinder." Er lässt sich seine Überraschung nicht anmerken. „Also her mit der Erklärung, und wir unterschreiben beide auch."

Annika, die bisher kaum ein Wort gesprochen hat, stellt nun fest: „Wir haben uns sogar schon ein Wunschgrundstück reservieren lassen. Wir wollen euch gegenüber bauen. Ewald – ich darf doch nun auch ‚Du' sagen? – deine Musikübungen werden uns nicht stören, wir mögen das." Er lacht. „Wenn aber mein Mädchen am Schlagzeug ist, geht´s richtig rund." „Was, Snjezana, du spielst Schlagzeug?" Die nickt nur. Ewald beruhigt gleich: „Unser Musikzimmer liegt auf der Hinterseite des Hauses. Wenn´s zu bunt wird, machen wir Tür und Fenster zu, die ich jetzt immer offen hatte." Snjezana ist etwas verdutzt. „Liebster, ich hab doch aber gar kein eigenes Schlagzeug." „Aber ich. Das bei deinem Onkel Marko im Keller gehört mir privat."

Als das zukünftige Ehepaar Brook dann aufgebrochen ist, nimmt Ewald sein Mädchen an den Händen und fragt: „Du redest von Kindern. Also steht auch für dich wirklich fest, dass wir zusammen bleiben?" „Ja!" „Dann sollten wir vor dem Kauf dieses wunderschönen Anwesens heiraten. Auf diese Weise kommen wir nämlich beide als Eigentümerehepaar ins Grundbuch." „Dann komm jetzt mit deiner zukünftigen Frau Dohmen ins Bett. Es ist Zeit." „Wenn du dann die Pille nicht mehr einnimmst, wird dieses Möbelstück auch zum Mischgebiet - für unser Erbgut." „Das stimmt hoffentlich. Lass uns also ordentlich üben."

Anfänge

Tatsächlich hat der Stadtrat die Umwidmung des Gebietes Kiebitzweg einstimmig beschlossen. Also besorgen sich Ewald und Snjezana sofort mit Florians Hilfe eine aktuelle Flurkarte, von der Firma Bultmann ein Verkaufsangebot und aus den eigenen Dokumenten die notwendigen persönlichen Unterlagen für Nachfragen bei Banken. Ewald hat, da er immer auf einen solchen Kauf gehofft und bislang für sich alleine recht sparsam gelebt hat, einige Geldmittel zusammengetragen. Snjezana holt sich bei ihren Eltern die schriftliche Zusage, ihr einen Teil eines späteren Erbanteils schon jetzt zur Verfügung zu stellen. Ihr Vater hat davon schon früher manchmal gesprochen. Luka ist ja schon Mitinhaber des Fitness-Studios, also in gewisser Weise wirtschaftlich im Vorteil. Ordentlich Eigenmittel der Beiden kommen so zusammen.

Ewalds Hausbank ist zufällig zugleich die der Kovacics. Das erweist sich so sehr von Vorteil, dass keines der beiden anderen angefragten Geldinstitute annähernd so gute Konditionen anbietet wie eben dieses. Alle Beteiligten sind erstaunt, dass dieser Bereich hinter der Zimmereihalle doch im Kataster ein eigenständiges Grundstück ist, also korrekt Hausnummer 7, immerhin fast zweitausend Quadratmeter groß und bis zur Außengrenze der Kernstadt reichend. Die entsprechenden Darlehnsverträge werden nun vorbereitet. Der Entschluss, noch vor dem Abschluss eines entsprechenden Kaufvertrags zu heiraten, wird auch konsequent umgesetzt. Inmitten der Herbstferien, am 9. Oktober im Standesamt und am 10. Oktober in der schönen Dorfkirche in Ewalds Heimatdorf, soll das dann geschehen. Der Notartermin für den Kauf wird schon für den 14. Oktober vereinbart.

Snjezanas Einstieg ins Berufsleben klappt ziemlich reibungslos. Nach wenigen Wochen, in denen sie ein Wenig in fast alle Fachbereiche der Verwaltung hineinschauen darf und muss, landet sie dann endlich an dem Schreibtisch, für dessen Aufgaben sie eingestellt wurde. Sie ist sofort Beamtin auf Widerruf im mittleren Dienst, nun Stellvertreterin der Leiterin des Fremdenverkehrsamtes und vor Allem zuständig für den direkten Kontakt mit Touristen, anderen Besuchern und den Gastronomen ihrer schönen Stadt. Für Ewald beginnt zwei Tage nach ihrem ersten Arbeitstag auch wieder der Schulbetrieb. In den beiden Wochen zuvor hat er sich intensiv auf seine neue Klasse vorbereitet, die nun als Anschlussklasse seiner bisherigen eingeschult wird. Er ist dann sehr verwundert, wie anders die Zusammensetzung dieser Truppe ist als die von Snjezanas Klasse. Zumindest findet er auch zu diesen zwanzig Schülerinnen und nur drei Schülern recht schnell den nötigen Zugang.

Nina, die nach einer Rundtour durch die Verwaltung, ähnlich der von Snjezana, nun im Sozialamt arbeitet, muss dieser nach einigen Wochen dort ein Bisschen über ihren Chef erzählen. Snjezana, Annika, Ewald und Stefan sind schon neugierig, welche Art Nachbar das wohl werden wird, wenn er dann mit seiner Familie auf dem größten Grundstück Kiebitzweg 2 das Eckhaus an der Hauptstraße bauen und beziehen wird. Nina, die gerne ein bisschen drastisch formuliert, beschreibt ihn als „Klassetyp und unglaublich sozial engagiert. Einer, der sich für die Antragsteller und Leistungsempfänger den Hintern aufreißt."

Sie hat auch schon dessen Ehefrau kennengelernt und die beiden kleinen Kinder, ein drittes ist sichtlich im Anmarsch. „Machen als Familie einen sehr angenehmen Eindruck." Wenn auch die beiden anderen Bauwilligen passen, kann der Kiebitzweg ein gutes Stadtviertel werden. Dieser städtische Beamte kann dann, vermutlich infolge seiner Kontakte in der Verwaltung, als Einziger bereits im September mit seinem Hausbau beginnen. Es dauert schließlich doch noch einige Wochen, bis der Stadtrat Lutz Stratmann, die inzwischen längst verheirateten Brooks und schließlich auch die Verwandten der Stratmanns, Ehepaar Meyer, mit ihren Eigenheimen beginnen können. Da ist nun ein reges Leben zwischen Sträßchen und Zuggraben.

Die Hochzeit, zu der Snjezana und Ewald im Standesamt nur die beiderseitigen Eltern, Snjezanas Bruder Luka und Ewalds Schwester Patrizia – beide als Trauzeugen –, sowie natürlich deren Partner Merle und Jonas mitnehmen können, wird mit der Trauung in der Dorfkirche, durchgeführt von Vater Hajo, und der anschließenden Feier im Dorfgemeinschaftshaus ein unvergessliches und harmonisches Familienfest. Ruth und Christoph sind ganz froh, dass sie nicht schon zum Standesamt kommen brauchen. Ihr Anmarsch vom Niederrhein ist der weiteste. Das neue Ehepaar Dohmen gönnt sich dann zwei behagliche Nächte in einem kleinen Ausflugshotel in Ewalds Heimatort und ist zur Vertragsunterzeichnung längst wieder zu Hause.

Am Abend dieses Tages leeren sie dann ihre letzte Flasche Kalterer und rechnen sorgfältig aus, ab wann Snjezana sorglos schwanger werden kann. Sie möchte vor einer eventuellen Babypause doch auf jeden Fall ihre Ernennung zur Beamtin auf Lebenszeit in Händen haben. Weil sie die passende Schulbildung als Voraussetzung hat, wird sie nach einem halben Jahr, in dem sie Beamtin auf Widerruf ist, für wieder ein halbes Jahr Beamtin auf Probe. Also wird sie zu Anfang August 2016 auf Lebenszeit ernannt werden. In dieser Angelegenheit wollen beide kein Risiko eingehen, wenngleich die Lust auf eine nächste Generation im Haus durchaus vorhanden ist. Also wird sich Snjezana das Absetzen der Pille zu Weihnachten schenken.

Annika und Stefan sind da – absichtlich, wie sie sagen – weniger vorsichtig gewesen, sie haben eher Sorge, dass sie bis zur Geburt ihres erwarteten Nachwuchses nicht mit ihrem Hausbau fertig sein könnten. Nun arbeitet Annika ja im elterlichen Reisebüro, da ist ihre Zukunft ohnehin kein Problem. Der Laden brummt. Stefan ist inzwischen durch einige Lehrgänge der Fachmann für historisches Gebälk in der Firma Bultmann, für Florian ein unverzichtbarer Mitarbeiter. Beides gibt den Brooks Sicherheit. Schön ist, dass sich zwischen den zukünftigen Nachbarn am Wendehammer ein zunehmend herzliches Freundschaftsverhältnis entwickelt. Die jungen Frauen mochten einander schon immer.

In Dresden hat Annika dafür gesorgt, dass sich die gesamte Klasse in einer eigenen WhatsApp-Gruppe zusammengetan hat. Schon danach bis zum Schuljahresende war die manchmal ganz nützlich und oft auch ziemlich lustig. Auch jetzt nach den ersten Berufs- und Studienmonaten ist immer wieder Einiges an kurzen Nachrichten und auch informativen Bildern unterwegs. So erfahren alle, dass Nazan in Dresden keine Wohnung suchen muss, weil sie einfach mit in Jörgs Wohnung einzieht. Platz sei genügend. Ein Foto eines riesigen Futonbetts spricht Bände. Die früher immer ein wenig zurückhaltende Adana schreibt begeistert von einem sehr friedfertigen Kurdentreffen in

Süddeutschland, bei dem eine große Zahl friedenswilliger Familien aus allen vier betroffenen Staaten darüber diskutieren, wie vielleicht durch politische Verhandlungen irgendwann doch ein kurdischer Staat entstehen könne. „Klingt utopisch, aber manche Utopien wurden schließlich Wirklichkeit. Denkt an die deutsche Einheit." Fatou berichtet, zuerst habe der eine oder andere LKW-Fahrer und auch mancher Kapitän ihrer Hautfarbe wegen versucht, sie verächtlich zu behandeln. Mit Unterstützung ihres Chefs sei aber inzwischen allen klar gemacht worden, dass sie in der Logistik das Sagen hat. Gut sei, dass sie schnell die Abläufe habe begreifen können und ja bekanntlich ganz knallhart durchsetzungsfähig sei.

Bis zur Heirat der Dohmens sind bereits vier Eheschließungen vermeldet worden. Ein Foto von Sabrina mit einem inzwischen beachtlichen

Bäuchlein beweist, dass sie und Sören bereits bei der Abschlussprüfung gewusst haben dürften, dass sie Eltern werden. Viktoria Schevtschenko, die im selben Dorf wie Karin Eckelmann wohnt, postet kommentarlos ein Foto einer Haustürklingel mit einem Schild, Aufschrift: „Eckelmann/Gehring". Kurz danach schreibt Johannes, dass er und seine Freundin Sonja sich in Jürgens bisherige Wohnung eingemietet und für Anfang Dezember ihre Hochzeit geplant hätten. Ganz schön mutig, beide ja erst achtzehnjährig. Da ergeben sich durch den Einstieg in die Berufswelt eine ganze Menge Neuanfänge. Und dass Karin und Jürgen nur noch eine Wohnung benötigen, ist schließlich schon seit Mai jedem bewusst.

Am Abend nach der Vertragsunterzeichnung gehen Snjezana und Ewald noch einmal alle diese WhatsApp-Nachrichten durch. Ewald stellt fest:

„Nun muss nur noch die Gesellschaft überall euch junge und natürlich auch die älteren Menschen mit Migrationsgeschichte völlig akzeptieren. Aber alle diejenigen wie du und deine Klassenkameraden tragen durch ihre Lebensgestaltung erheblich dazu bei. Zum Einen bringt ihr alle mit euren anderen kulturellen Wurzeln, beispielsweise einer zweiten Muttersprache, der typischen Musik oder anderen Besonderheiten eine Bereicherung in unser Land. Zum Anderen ist die ‚Normalität‘, mit der ihr nun euer Leben gestaltet, ein Zeichen guter Integration. Bei mir war halt die Adoption der sichere Schritt."

„Klar; die wichtigste Voraussetzung dazu ist, dass man begreift: Wo der Anker hält, bin ich zu Hause."

Die Kiebitze

Der folgende Winter scheint irgendwie keiner werden zu wollen. Es gibt zwar einige frostige Nächte und auch Tage, aber Schnee will nicht so recht fallen. Es ist wieder einer dieser Winter, die diesen Namen nicht richtig verdienen. Ewalds Erinnerungsfotos an die letzten verschneiten Tage des Vorjahres in ihrem Garten trösten da auch wenig. Selbst die Bilder, die Selma aus Südtirol schickt, zeigen erheblich weniger Schnee, als man dort gewohnt ist. Es wird nicht nur viel über Klimawandel geschrieben und gesprochen, eine deutliche Veränderung ist tatsächlich spürbar. Früher gab es zum Beispiel kaum Ostwinde nahe der Küste, jetzt werden die immer häufiger.

Bei dem aus diesen Änderungen entsprungenen Schmuddelwetter ist es wunderbar, sich mit den gemeinsamen Hobbys zu beschäftigen. Die

Kochkünste beider sowie ihr Interesse für die Ressourcen-Verschwendung und deshalb deren Verringerung lässt nach und nach neue Einkaufs- und Verarbeitungsgewohnheiten entstehen. Beide sind überzeugt, dass im Kleinen begonnen werden muss, was große Wirkungen haben kann. Täglich wird zudem mindestens eine Stunde lang musiziert. Ewald arrangiert inzwischen viele Jazztitel für seine Band so, dass auch der Zweiklang seiner Instrumente mit dem Schlagzeug seiner Frau eine durchaus eigenständige, genießbare Musik ergibt. Und Snjezana ist angesichts der Unfallfolgen am rechten Arm des Schlagzeugers Marcel Timpe vorerst festes Mitglied sowohl der Jazzband Ewalds als auch der Band ihres Onkels Marco Matic, der ein Vetter ihres Vaters ist. Und die wurde um den vielseitigen Ewald erweitert.

Wenige Tage vor Weihnachten wird seit vielen Jahren in Ewalds Schule nachmittags eine Weihnachtsfeier des Kollegiums organisiert, zu dem auch die Partnerinnen und Partner geladen sind. In diesem Jahr am 19. Dezember, dem vorletzten Schultag vor den Ferien. Obwohl längst alle wissen, dass Ewald eine seiner Schülerinnen geheiratet hat, ist Snjezana, die sich einen halben Tag dafür frei nehmen konnte, doch sichtlich für einige von besonderem Interesse. Vor Allem die älteren Herren umschwärmen sie ein Wenig, was deren Gattinnen wiederum gemeinsam amüsant finden. Beweist es ihnen doch, dass ihre Männer schöne Frauen anziehend finden, das kann man schon als Kompliment für sich selbst werten. Am Abend drückt Snjezana dann mit einer gewissen Feierlichkeit die letzte Pille aus ihrem Blister, nimmt sie noch einmal brav ein und wirft dann die ganze leere Packung in die kleine Mülltonne der Küche.

Ewald betrachtet diese Zeremonie mit einem seltsamen Gefühl der Vorfreude, für die ja noch gar kein Anlass besteht. „Jetzt bin ich gespannt, wie lange bei dir die Hormonrückstellung dauert. Da gibt es wohl einige sehr unterschiedliche Erfahrungen. Bei meiner Schwester Ruth war wohl gar keine Umstellungspause, die ist nach eigener Erzählung sofort nach Absetzen der Pille schwanger geworden." „Das soll nun kommen, wie es kommt. Jedenfalls sind wir jetzt beide für alles bereit." „Wir sollten jetzt die Zeit nutzen, unseren Plan für die Umgestaltung unseres Hauses umzusetzen. Die Mittel dafür sind ja beim Kauf nicht eingesetzt worden. Stefan hat sich das leere Dachgeschoss angeschaut und bestätigt, was Henning zu wissen meinte. Die ganze Dachhaut ist bereits perfekt isoliert. Durch die vier Giebel- und sechs Dachflächenfenster können wir oben ohne großen Aufwand drei schöne Zimmer, ein zweites Bad und einen ordentlichen Flur einbauen. Etwa auch Zug um Zug. Der teuerste Spaß wird eine richtige Treppe, aber selbst für die ist alles vorgerichtet. Auch für den Deckendurchbruch im Flur. Der alte Bultmann hat wirklich an alles gedacht, sogar Heizungsrohre liegen schon durch die Decke bis oben. Hast du mitbekommen, dass Stefan einen Haufen Geld dadurch spart, dass ihm seine Chefs die Baupläne samt Statik von unserem Haus geschenkt haben, nachdem wir zuerst eine Zweitausfertigung erhalten hatten? Deshalb sieht das Brookshaus auch unserem so ähnlich. Die haben halt nur unseren Straßengiebel nach dem Graben zu, erheblich hellere Klinker gewählt und braune Fensterrahmen. Zu unseren rotbraunen Klinkern passen die weißen Fensterrahmen, die wir haben, natürlich viel besser. Wenn die drüben weiter so flott voran kommen, werden sie wohl Ende Februar einziehen können. Jetzt haben sie das

Bettchen ihres kleinen Markus ja in ihrem Schlafzimmer. Das wird nun bald Zeit, dass der ein eigenes Zimmer bekommt. Wenn die hier wohnen, will Stefan in der Zimmerei an den Wochenenden erst für sich und dann für uns die Treppe bauen. Florian hat ihm das angeboten, er und ich werden dann ab und an mit anpacken. Die Bultmänner sind wirklich gute Nachbarn und Chefs."

Die Beamtenfamilie Schott im ersten Haus ist schon vor Weihnachten eingezogen, ihre Jüngste ist nur wenige Tage älter als der kleine Markus Brook. Meyers und Stratmanns werden vermutlich wie die Brooks im Februar einziehen können. Ganz witzig ist, dass beide junge Frauen fast gleichzeitig ihre ersten Kinder bekommen werden, wohl im April kurz nach Ostern. Sollte sich dann schließlich noch ein Dohmenkind dazu gesellen, dann wird das mit der Zeit ein recht buntes Treiben im Kiebitzweg werden.

In den Weihnachtstagen und Anfang Januar fällt auf, dass Britta und Florian Bultmann täglich mit ihren beiden Söhnen, die elf und neun Jahre alt sind, einen ausführlichen Spaziergang machen. Das hat es zuvor so nicht gegeben. Auf Snjezanas Nachfrage bei Britta, ob das einen besonderen Grund habe, erklärt die ihr, schon von ihren beiden vorigen Schwangerschaften wisse sie, dass ihr in den ersten Wochen nicht so oft übel werde, wenn sie täglich ordentlich frische Luft bekomme. „Das heißt, auch bei euch kommt noch Eines?" „Richtig, und wir freuen uns mächtig, dass dann hier so viele Kinder in etwa einem Alter sein werden." Anfang Februar wissen die Dohmens, das Jüngste dieser Kinderschar wächst nun in Snjezana heran. Also wird die Wohnraumerweiterung sofort forsch vorangetrieben.

Bis am Mittwoch, dem 12. Oktober dann schließlich die kleine Hanne Dohmen als letztes der „Kiebitze", wie sie bei ihren Eltern schon alle genannt werden, gesund und proper das Licht der Welt erblickt, hat sich bereits zwischen den Familien eine schier einmalige Zukunftsplanung entwickelt. Wiebke Schott ist ausgebildete Erzieherin. Sie hat ihre drei Kinder in solch relativ kurzen Abständen hintereinander geboren, dass sie die gesamten Kindererziehungszeiten ohne Pause aneinander hängen konnte. Das war ganz in ihrem Sinn, sie will gar nicht mehr zurück in die Kita, die jetzt schon so lange ohne sie auskommen musste und dadurch einer anderen Erzieherin Arbeit geben konnte.

Sie hat nun angeboten, allen anderen jungen Müttern des Sträßchens zu gegebener Zeit die Möglichkeit zu verschaffen, wieder in ihre Berufe zurück zu kehren, indem sie für alle Kiebitze als

Tagesmutter arbeitet. Langsam kommen die Schotts auch damit heraus, dass sie eine solche Idee schon in die Hausplanung einbezogen hatten. Nun verstehen auch alle anderen Familien den Sinn eines Zwischengebäudes, das Schotts Wohnhaus mit dem Carport verbindet. In diesem Gebäude ist einschließlich Zwergentoiletten alles schon da, was nötig ist. Und die Zulassung für ihre „Kiebitznest" genannte Tagesstätte hat Wiebke beim Landkreis bereits beantragt. Allmählich sind jetzt alle Familien, alleine sechs davon mit Kleinkindern, die von November 2015 bis Oktober 2016 geboren sind, rundum angekommen und einander auch sehr nahe gerückt.

Als Snjezana mit ihrer Hanne, die zu ihrer großen Freude die Haar- und Hautfarbe ihres Vaters geerbt hat, anscheinend aber die blauen Augen ihrer Mutter bekommen wird, nach wenigen Tagen aus der Geburtsklinik nach Hause kommt, hat ihr Ewald für Hannes Kinderzimmer aus einem alten angeschliffenen Brett, das ihm Florian geschenkt hat, einen Wandschmuck der besonderen Art gefertigt. Er hat ihm die Form eines Bootes gegeben. Sorgfältig und kunstvoll eingebrannt steht darauf:

Wo der Anker hält,
bin ich zu Hause.

Vom selben Autor sind bisher folgende Bücher erschienen:

Am Außendeich, Geest-Verlag 2020,
ISBN 978-3-86685-812-1

Erben verpflichtet, Geest-Verlag 2021,
ISBN 978-3-86685-835-0

Gelernt zu leiden ohne zu zerbrechen?, Verlag BoD 2021,
ISBN 978-3-7534-4379-9

Dorfkristallnacht, 2. Auflage, Verlag BoD 2021,
ISBN 978-3-7557-3720-9

Pommerland ist abgebrannt, Verlag BoD 2022,
ISBN 978-3-7557-0732-5

Milch und Honig, Verlag BoD 2022,
ISBN 978-3-7543-8497-8

Unbillig, Verlag BoD 2022,
ISBN 978-3-7562-3744-9

Schwei, Verlag BoD 2022,
Zusammenfassung einer alten Dorfchronik
ISBN: 978-3-7568-4437-1

Die Uhr tickt + Hoffnung schafft's, Verlag BoD 2022
Zwei Erzählungen vom Leben behinderter Pflegekinder
ISBN: 978-3-7568-5637-4

Alles kommt wieder, Verlag BoD 2023
ISBN: 978-3-7578-0124-3

Lonis Männer, Verlag BoD 2023
Überlebenskunst in der Nazizeit
ISBN: 978-3-7526-4275-9

roos-gerhard-autor.de